I0634847

# Le Comte de La Ferronnays

## et

# Marie-Alphonse Ratisbonne,

*Par le Comte Théobald Walsh.*

SECONDE ÉDITION

REVUE ET AUGMENTÉE,

suivie

DE LA RELATION DE G. GOERRES,

TRADUITE DE L'ALLEMAND.

**PARIS,**

POUSSIELGUE-RUSAND, LIBRAIRE,

rue Hautefeuille, n. 9.

1843

# LE COMTE DE LA FERRONNAYS

ET

## MARIE-ALPHONSE RATISBONNE.

27
I in 10964
A

## PROPRIÉTÉ.

PARIS, IMPRIMERIE DE POUSSIELGUE,
rue du Croissant, 12.

# LE COMTE
# DE LA FERRONNAYS

### ET

## MARIE-ALPHONSE RATISBONNE,

### *Par le Comte Théobald Walsh,*

auteur du *Voyage en Suisse* et de *Georges Sand.*

### SECONDE ÉDITION

#### REVUE ET AUGMENTÉE,

*suivie*

### DE LA RELATION DE G. GŒRRES,

#### TRADUITE DE L'ALLEMAND.

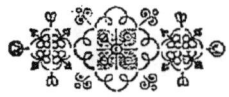

## PARIS,

### POUSSIELGUE-RUSAND, LIBRAIRE,

#### rue Hautefeuille, n. 9.

### 1843

Te Deum, laudamus.

Ave, Maria, gratia plena.

Mirabilis Deus in sanctis suis.

## À ma Mère.

Je vous dois l'inappréciable bienfait d'une éducation chrétienne, auquel vous avez ajouté l'exemple efficace d'une vie constamment dirigée par l'idée du devoir, et consacrée à la pratique de la charité et de toutes les vertus.

En vous adressant l'hommage de ce travail, où j'ai mis toute mon âme, je ne fais que vous rendre une partie de ce que j'ai reçu de vous.

Bien que je vous offre ici ce que j'ai de meilleur à donner, je ne sens que trop l'impossibilité où est un fils de s'acquitter jamais envers une mère telle que vous l'avez été pour moi.

*Cte Théobald Walsh.*

Rome, 20 mars 1842.

# AVANT-PROPOS.

Les pages qui suivent ne s'adressent qu'aux lecteurs chrétiens ou aux hommes en voie de le devenir ; je veux dire à ceux qui ont le bonheur de croire encore à la sincérité des convictions religieuses et de ne pas les regarder comme une faiblesse : quant aux autres, ils peuvent s'épargner la peine de tourner le feuillet ; le titre de cet opuscule et le choix des épigraphes les avertissent suffisamment de ce qu'ils doivent s'attendre à trouver ici. Que si nonobstant ils veulent passer outre, l'auteur leur déclare qu'il ne se préoccupe en aucune façon du jugement qu'ils porteront sur son travail ; le sujet qu'il traite sort de leur compétence, et il parle d'ailleurs une langue dont ils n'ont pas l'intelligence.

Laissant donc les négateurs systématiques, les faiseurs de religions de l'*avenir* et les rêveurs d'utopies sociales proclamer avec une emphase suspecte la formule désormais usée, « Le christianisme a fait son temps, » il va exposer ses titres à la confiance de cette portion du public à laquelle il vient offrir une preuve nouvelle de la vérité de ces paroles plus consolantes : « Le bras du Seigneur ne s'est pas raccourci. »

Je parle parceque j'ai cru, et les élé-

ments de ma conviction intime, *rai-
sonnée*, inébranlable sont tels que je
me regarderais comme ayant perdu le
sens ou comme étant le plus absurde
des hommes si, apıès avoir vu et entendu ce qu'il m'a été donné de voir et
d'entendre, je conservais, quant à la
réalité du miracle de la conversion de ,
M. Ratisbonne, seulement l'ombre
d'un doute.

Je parle parceque c'est pour moi un
devoir de gratitude envers la Providence, qui, par une faveur spéciale, a
permis que je me trouvasse être le témoin le plus immédiat, le plus rapproché du fait après le baron Théodore
de Bussière, choisi pour en être l'ins-
trument, et le P. de Villefort, nouvel
Ananie de ce nouveau Saul.

Je parle enfin parceque ma conscience m'appelle à porter témoi-

gnage (1) et que ce serait une lâcheté que de ne pas répondre à cet appel; parceque, d'après l'avis d'hommes dont la décision est pour moi d'un grand poids, mon témoignage peut être utile à ceux qui d'un cœur sincère cherchent la vérité, et doit l'être immanquablement à ceux qui sont sur la voie ou qui ont eu le bonheur de la trouver.

En effet les personnes dont je suis connu savent bien que je ne suis point un homme d'imagination ni d'une crédulité aveugle. S'il est quelque chose qui me distingue ce serait plutôt un peu de ce bon sens instinctif et tout pratique que j'estime fort au dessus des qualités plus brillantes de l'esprit; aussi le merveilleux m'inspire-t-il au premier abord un certain éloignement. En ce qui touche les faits d'un ordre

(1) Ut testimonium perhiberet *de lumine.*

surnaturel je n'admets que ceux que
je regarde en ma qualité de catholique
comme étant de foi. Les miracles de
fraîche date, en revanche, trouvent en
moi une réserve peut-être excessive et
qui pourrait être qualifiée d'un autre
nom. Je crois pouvoir user pleinement
à leur égard du droit d'examen que me
laisse l'Eglise pour les cas où elle ne
s'est point prononcée.

Or ici j'ai vu, j'ai touché pour ainsi
dire au doigt le miracle de la conversion imprévue, instantanée, *humaine-
ment impossible* de M. Ratisbonne ; j'ai
passé sans le savoir une heure à deux
pas de lui, à cette même place où quatre
heures seulement auparavant il venait
de recevoir le dernier coup, le coup décisif de la grâce. Il était là devant moi,
encore tout troublé, tout frémissant et
prosterné sur les marches de cette cha-

pelle où il s'était senti par un moyen surnaturel régénéré soudainement. Le lendemain aux obsèques du comte de La Ferronnays je l'ai revu, aussi recueilli et plus ému qu'aucun d'entre nous, s'agenouiller à l'élévation, et adorer ainsi que l'eût pu faire le plus fervent catholique.

Depuis lors j'ai causé tous les jours avec lui et avec le baron de Bussière ; il a bien voulu me montrer la lettre qu'il adressait à son frère l'abbé Théodore Ratisbonne, et me rapporter de vive voix quelques passages de celle dans laquelle il annonçait sa conversion à sa famille de Strasbourg. J'ai questionné à diverses reprises le P. de Villefort, auprès duquel il s'était fait conduire dès le premier moment ; j'ai interrogé tous ceux qui avaient eu avec le nouveau converti des rapports immédiats.....

Voilà les droits que j'ai à être écouté et à être cru ; le lecteur non prévenu les pesera avec calme et impartialité.

Il est une classe de personnes de bonne foi, mais soupçonneuses, qui sur le nom seul de l'auteur seront peut-être tentées d'infirmer son témoignage en le supposant dicté par un intérêt de parti. Je crois devoir les désabuser et leur apprendre que depuis plusieurs années j'ai quitté la ligne politique de M. de La Ferronnays, dont pendant longtemps j'ai partagé les sentiments, les opinions, les vœux et les espérances. De cette regrettable communauté je n'ai conservé que les sentiments ; mais je me hâte d'ajouter que si je me fusse trouvé dans une position analogue à la sienne, je me serais fait gloire de suivre *en tout* son loyal et généreux exemple, et de l'imiter autant qu'il m'eût été donné de le faire dans son inaltérable dévouement.

Quant aux ricaneurs surannés du *voltairianisme* et aux adeptes plus sérieux, mais de bien peu, de l'école physiologique, à ces gens auxquels il manque le sixième sens, à l'aide duquel l'homme voit les choses du monde invisible et perçoit les vérités de sentiment, peut-être croiront-ils m'opposer une excellente fin de non recevoir en déclarant M. Ratisbonne atteint d'une monomanie religieuse et dupe d'une vision fantastique.... Soit! mais alors qu'ils frappent donc de la même interdiction et M. de La Ferronnays, qui a prié pour la conversion du juif, M. de Bussière, qui en a été l'agent providentiel, et nous tous enfin qui avons cru comme S. Thomas *parceque nous avons vu.*

Je discuterai ailleurs plus à fond
l'objection prévue de ces messieurs :
que les premiers retournent en attendant au code de morale et de religion
naturelle du patriarche de Ferney, les
autres à leur scalpel, et qu'ils laissent
en paix ceux qui se figurent dans leur
simplicité avoir à sauver une âme faite
à l'image de Dieu.

On voudra bien excuser l'usage fré-
quent que j'ai fait et que je ferai encore
du pronom personnel, ainsi que les détails dans lesquels j'ai cru devoir entrer
touchant le caractère et les opinions du
narrateur : ils m'ont semblé nécessaires
pour servir à déterminer le degré de
confiance qu'on peut accorder à son
récit. On n'oubliera pas en outre que
ce sont ici mes impressions que je
donne, sans prétendre les imposer ;
comme elles ne me sont pas unique-

ment personnelles, j'ai le confiant espoir d'être assez heureux pour les faire
partager à d'autres.

Au reste ceci n'est point une œuvre
littéraire ; c'est mieux que cela, je veux
dire une œuvre de chrétien ; c'est une
œuvre de chrétien que j'ai accomplie,
sinon avec talent, du moins avec conscience et amour. Puissé-je n'être pas
resté trop au dessous de la grandeur
de mon sujet et avoir atteint, ne fût-ce
qu'imparfaitement, le but que je me
suis proposé ; savoir, de rendre gloire
à Dieu, d'édifier les âmes pieuses, de
fixer celles qui hésitent et de ramener
celles qui s'égarent.

# LE COMTE

# DE LA FERRONNAYS

## ET

## MARIE-ALPHONSE RATISBONNE,

~~~~~~~~~~~~~~~~~~~~~~~~~~~~~~~~~~~~~~~~~~~~~~~

J'eus le bonheur d'arriver justement à
Rome pour assister à deux excellentes
conférences prêchées par M. l'abbé de
Ravignan à l'église de Saint-Louis-des-
Français, devant un auditoire nombreux,
attentif, qui se composait de la société
française et de l'élite des étrangers ; on
y remarquait aussi beaucoup de Romains.

La semaine d'après je pus suivre également une retraite donnée par lui à

1

l'oratoire de *Caravita*, pendant laquelle
le prédicateur nous fournit une preuve
frappante de la flexibilité de son talent,
dans les instructions du matin, instructions essentiellement pratiques et em-
preintes d'une si aimable et si expansive
familiarité. Deux fois par jour Français
et étrangers se pressaient autour de la
chaire de vérité pour entendre cette voix
amie, et, lors de la communion générale qui termina la retraite, on put apprécier, par le grand nombre et l'édi-
fiante ferveur des fidèles qui y parti-
cipèrent, tous les fruits qu'elle avait
portés.

Une circonstance fortuite, dont je ne
saurais trop me féliciter, me mit en
rapports personnels avec M. l'abbé de
Ravignan. Après quelques instants de
causeries intimes, le grand orateur dis-
parut à mes yeux pour me laisser voir
l'homme excellent, au cœur d'apôtre,
brûlant de charité, se donnant et se pro-
diguant tout à tous, à l'exemple de

S. Paul; l'homme aussi admirable par
sa parfaite simplicité, aussi attachant
par l'irrésistible charme de son caractère,
que distingué par les facultés dont Dieu
a doté cette haute intelligence. Jamais
les moments trop courts passés en tête à
tête avec lui, jamais ces épanchements
d'âme à âme, dont j'ai été appelé à jouir
dès le début de cette précieuse connaissance, ne s'effaceront de mon souvenir :
j'en conserve envers M. de Ravignan
un profond sentiment de gratitude. Il y
avait dans ses paroles, dans son regard,
son geste, dans toute sa personne enfin
comme une irradiation, un reflet de cette
charité divine, de cet amour infini de
Dieu et des hommes qui illuminait la
figure de son adorable maître; prêchant
sa parole aux populations avides de l'entendre, guérissant leurs infirmités et
consolant leurs misères.

A la fin d'un de ces entretiens, M. de
La Ferronnays entra familièrement,
comme chez un ami; M. de Ravignan

me présenta à lui. A sa belle et noble tête, à sa physionomie ouverte et loyale, je l'aurais presque deviné; déjà, sans savoir qui il était, je l'avais remarqué aux instructions de la retraite, où son attitude recueillie et l'émotion visible avec laquelle il écoutait l'orateur avaient été un sujet d'édification pour tous. Jusqu'à ce jour je ne l'avais connu que par sa réputation de loyauté incontestée et par sa carrière politique si honorablement parcourue. C'est dire assez que je partageais avec mes contemporains les sentiments d'estime et de considération générales qui entouraient ce grand caractère, ce digne représentant de tout ce qu'il y a de vraiment bon, de généreux et d'élevé dans l'opinion à laquelle il appartenait.

De l'homme privé je ne savais que ce que m'en avait appris une personne haut placée et faite pour apprécier un pareil homme (1). Je fus donc double-

(1) S. A. R. Madame la grande-duchesse douai-

ment heureux de faire, sous de tels auspices, une connaissance aussi désirable,
et je me promis bien de profiter de mon
séjour à Rome pour la rendre plus intime. !a famille de M. de La Ferronnays ayant été jadis en relations de voisinage et d'intimité avec la mienne,
il voulut bien ne point me considérer
en étranger, et m'engagea obligeamment
à venir le voir. Je me hâtai d'user de
cette permission, comme si j'eusse prévu
que je n'en dusse jouir que trop peu de
temps. En effet je n'ai vu le comte de
La Ferronnays que cinq fois en tout,
soit chez lui, soit en maison tierce.

En tête des personnes sur lesquelles
je comptais le plus, pour l'agrément de
mon séjour à Rome, était le baron Théodore de Bussière, né protestant, converti
depuis quelques années par M. l'abbé
Bautain, qui avait bien voulu me recom-
mander à lui. Il était, en outre, en re-

rière de Bade, qui avait passé à Castellamare un
été avec le comte de La Ferronnays.

lations suivies avec ma mère, et je reçus
de sa part, l'accueil le plus empressé ; je
le voyais souvent.

Déjà connu par une publication estimée sur l'Orient, il s'occupait d'un important travail sur Rome chrétienne,
qu'il aime comme un fils aime sa mère,
qu'il a enfin trouvée après l'avoir cher-
chée longtemps.

M. de Bussière était l'ami de M. de La
Ferronnays : ce seul mot suffit à son
éloge. Unis par une entière conformité
d'idées et de sentiments, par la charité, qui est le lien de la perfection, ils
vivaient ensemble dans l'intimité la plus
étroite. L'amitié qu'ils s'étaient vouée
n'avait rien de terrestre ni de périssa-
ble ; ces deux âmes choisies s'étaient
rencontrées au pied de la croix, et s'y
étaient liées pour l'éternité. MM. de
La Ferronnays et de Bussières étaient
l'un pour l'autre un objet d'édification
mutuelle et de sainte émulation, se
voyant plusieurs fois chaque jour et vi-

vant en communauté de prières ainsi
que de bonnes œuvres.

Le dimanche 16 janvier (1) j'allai
passer une partie de la soirée chez une
de nos compatriotes , madame la princesse B***, qui réunit habituellement
dans son salon ce qu'il y a de mieux
dans la colonie française et la société romaine. Je devais y rencontrer le comte
de La Ferronnays, dont je m'estimais
toujours heureux de me rapprocher.
Après avoir présenté mes hommages à
la princesse et causé quelques instants
avec elle, je passai dans une pièce con-
tiguë pour saluer le prince, que je trouvai s'entretenant avec M. l'abbé Dupanloup et MM. de La Ferronnays et de
Bussière. La conversation roulait, comme
c'était l'habitude entre ces messieurs,
sur un sujet religieux. Au moment où
je m'adjoignis à ce petit groupe, le ba-

(1) Je prie le lecteur d'avoir égard à l'ordre des
dates ; il est d'une grande importance.

ron de Bussière venait de terminer un récit qui avait captivé au plus haut degré l'intérêt de M. de La Ferronnays et éveillé les sympathies les plus vives. Mais ce que je pus recueillir de la suite de cet entretien ayant une grande importance, ainsi qu'on le reconnaîtra plus tard, je crois utile de le consigner ici.

Il était question de la fameuse invocation de S. Bernard à la Vierge (le *Memorare*). M. l'abbé Dupanloup nous apprit que, dans l'exercice de son ministère, il avait été plus d'une fois à même de constater l'efficacité merveilleuse de cette prière. Alors M. de La Ferronnays, prenant la parole, nous dit : « Je le crois sans peine, car j'en suis moi-même une preuve frappante. A l'époque la plus orageuse de ma vie, d'une vie de dissipation au milieu de laquelle j'avais perdu totalement de vue les vérités religieuses, sinon en théorie, du moins en pratique, ma mère me fit promettre de ne jamais passer un jour

sans réciter, ne fût-ce qu'une fois, le
*Memorare*. J'en pris l'engagement, et j'y
fus fidèle ; je ne crois pas en effet y
avoir manqué un seul jour. Je récitais,
il est vrai, cette prière par routine, sans
penser aux paroles que je prononçais,
mais enfin je la récitais. Je la disais dans
le monde, au spectacle, à la chasse, partout où l'idée m'en venait, mais sans
songer à m'associer, ni de cœur ni d'esprit, au sentiment et à la pensée qu'elle
exprimait.

« Eh bien ! néanmoins, je suis fermement convaincu que cette habitude, en
apparence toute machinale, avait quelque chose de providentiel, et que c'est à
l'invocation, à l'appel si souvent adressé
à la Mère des miséricordes, que j'ai dû
enfin la grâce de ma conversion. »

Ces paroles, dites comme tout ce que
disait M. de La Ferronnays, d'un ton de
conviction entraînant, furent écoutées
avec le plus vif intérêt. M. Dupanloup
observa que c'était là un nouveau chaî-

1*

non à ajouter à la chaîne de faits remarquables du même genre qu'il avait recueillis, et nous rentrâmes au salon.

Là je vis M. de La Ferronnays entouré
des marques de respect et des égards les
plus empressés de la part des personnes déjà réunies et des nouveaux arri-
vants. Ces témoignages, s'adressant à
lui, changeaient en quelque sorte de
nature ; ce n'était plus seulement les formes convenues d'une politesse banale :
il me semblait y voir un hommage rendu
à ce beau caractère, à cette vertu si haute
et pourtant si accessible et si attirante.
Le prestige de toute une vie d'honneur
et de loyauté agissait à leur insu sur
tous ceux qui approchaient M. de La
Ferronnays. Par l'effet d'un rare privi-
lége, il se trouvait naturellement et sans
y prétendre être le premier partout où
il paraissait, et devenait comme le centre vers lequel tout convergeait. Au
reste il recevait les marques de défé-
rence et de respect dont il se voyait l'ob-

jet avec cette urbanité simple, aisée,
pleine de bienveillance et de bon goût
dont les traditions se perdent à mesure
que les caractères s'abâtardissent. C'est
que le comte de La Ferronnays était
vraiment noble, noble de la façon du
Créateur, ainsi que le disait si bien un
homme de mes amis, digne apprécia-
teur de ce genre de noblesse. (1)

Bientôt la foule des visiteurs arriva,
et je me retirai; mon dernier regard fut
pour M. de La Ferronnays... Je ne devais plus le revoir!

Le surlendemain, 18, j'allai à Saint-
Pierre pour assister à une fonction papale, à l'occasion de la fête de la chaire
du Prince des Apôtres. J'aime ces cérémonies, comme catholique d'abord, puis
par la raison que partout où paraît le
Pape il apporte l'édification. J'étais arrêté auprès de cette vieille statue de

(1) M. Louis Simond, l'auteur du *Voyage en Angleterre*, ouvrage qui n'a point été surpassé, ni
même égalé.

S. Pierre, dont le pied a été poli par les
témoignages naïfs mille et mille fois répétés du pieux respect des générations
qui se sont succédé depuis plus de douze
siècles. Le souverain Pontife avait passé,
porté solennellement sur son trône, précédé des cardinaux en longues chapes de
drap d'argent, et escorté de la garde
suisse dans son costume pittoresque du
moyen âge. Je venais d'incliner mon
front sous la paternelle bénédiction du
vicaire de Jésus-Christ, du digne représentant de l'autorité et de l'unité catholiques, de ce vieillard vénérable, dont le
caractère, tout apostolique et plein de
mansuétude, justifie si parfaitement la
touchante dénomination de père commun des fidèles.

Déjà les chants avaient commencé; je
prêtais une attention recueillie à ces
chefs-d'œuvre grandioses de l'immortel
Palestrina, admirablement exécutés sans
accompagnement, et d'un effet plus puis-
sant qu'aucune autre musique d'église

que j'aie jamais entendue. J'écoutais avec ravissement ces magnifiques accords si savamment enchaînés, développés si largement; ces accents, tour à tour mâles ou suaves, qui s'enflaient et montaient, ainsi que des flots d'harmonie céleste, dans l'immensité de la coupole, puis débordant, pour ainsi dire, allaient se perdre dans la vaste profondeur des nefs de la basilique. La magie saisissante de cet art, pour moi le premier des arts et le plus intimement senti, élevait mon cœur et ma pensée à la hauteur sublime des textes saints et des hymnes inspirateurs du Prophète-Roi.

Plongé dans ma rêverie, j'en fus tiré par M. l'abbé Dupanloup, qui, m'abordant avec une voix émue : « Vous avez appris le malheur qui vient de frapper la société française? — Non, répondis-je, et quel est-il? — M. de La Ferronnays est mort... mort saintement comme il a vécu. »

A ces mots je restai muet de surprise et de saisissement. « Oui, continua M. Dupanloup, il est mort hier soir presque subitement. Avant-hier nous l'avons vu, vous et moi, plein de vie ; hier il est allé à la messe, comme à son ordinaire, a fait ses visites, vaqué à ses occupations habituelles ; puis il a dîné en famille, et rien n'annonçait ce qui devait arriver. Il passa la soirée au milieu des siens ; à neuf heures il se sentit pris d'une de ces violentes douleurs de poitrine dont il se plaignait plus fréquemment depuis quelques semaines ; la crise fut accompagnée de vomissements. M. de La Ferronnais suffoquait ; il fit appeler le médecin, ensuite l'abbé Gerbet, son confesseur. Celui-ci arriva au moment où le docteur pratiquait une saignée, et ne put, en raison de cette circonstance, confesser le malade, qui en outre éprouvait une extrême difficulté à parler. Connaissant à fond l'état de cette conscience si pure, (M. de La Ferronnays avait communié la veille) il se borna à lui demander s'il se repentait sincèrement de tous les péchés de sa vie. — Oh oui ! bien sincèrement ! — Aimez-vous Dieu de tout votre cœur ? — Oui, oui, je l'aime ! — Confiance donc ! confiance ! ajouta l'abbé Gerbet. — Je l'ai pleine et entière !

« En proférant avec peine ces derniers mots, M. de La Ferronnais chercha à atteindre un crucifix suspendu à son chevet ; ne parvenant pas à le décrocher, il l'arracha dans son impatience, le porta sur son cœur avec effusion. Alors les suffocations redoublèrent ; le mourant put encore adresser quelques mots d'adieu à sa famille. Puis survint un spasme plus violent qui l'emporta. » (1)

Après ce récit, que j'écoutai avec une douloureuse émotion, nous échangeâmes quelques paroles, et M. Dupanloup s'éloigna. Je restai seul au milieu de cette foule : le lieu saint, la solennité, les chants, tout avait disparu pour moi.

(1) M. l'abbé Gerbet m'a confirmé la parfaite exactitude de tous ces détails.

Absorbé par mes réflexions, je repassais dans mon esprit cette belle vie couronnée par une fin si sainte ; je songeais avec amertume à mes relations avec cet homme excellent, relations si récentes, dont la mort avait sitôt brisé le fil, et qui me laisseront néanmoins un impérissable souvenir. Heureux toutefois d'avoir pu les cultiver assez pour en ressentir et en conserver la salutaire influence! Il n'est en effet personne qui n'ait éprouvé comme moi, à un dégré plus ou moins sensible, qu'en approchant cet homme de bien on se sentait devenir meilleur. On eût dit que l'âme respirait plus à l'aise dans cette sereine atmosphère de vertu et de piété au milieu de laquelle il vivait et où il vous élevait avec lui.

Je quittai Saint-Pierre sans attendre la fin de la cérémonie, et, rentré chez moi, j'écrivis à la hâte, sous l'effet de la première impression, la lettre suivante, que j'adressai, le jour même, à une feuille, organe sérieux et accrédité des sentiments et des intérêts catholiques : (1)

« Une perte douloureuse et imprévue,
« qui sera vivement ressentie en France
« par tout ce qu'il y a d'esprits élevés
« et honorables appartenant aux diver-
« ses opinions, vient de plonger dans
« l'affliction la petite colonie française
« réunie à Rome. Le noble, l'excellent
« comte de La Ferronnays a été enlevé
« presque subitement à sa famille et à
« ses nombreux amis.....

« Celui qui écrit ces lignes n'a pas eu
« le bonheur de vivre dans l'intimité de
« ce modèle accompli de l'homme d'hon-
« neur, de l'homme de bien, et, pour
« tout dire en un seul mot, du parfait
« chrétien ; mais M. de La Ferronnays
« était de ces êtres exceptionnels qui sa-
« vent conquérir à première vue le res-
« pect, l'estime et l'affection de quicon-
« que a en soi l'instinct du beau et du
« bon ; il suffisait de l'approcher pour se

(1) *L'Univers.*

« sentir irrésistiblement entraîné vers
« lui. Je laisse à de plus heureux que
« moi la douce et consolante tâche de
« dérouler le tableau de cette vie si ho-
« norablement, si utilement remplie et
« terminée d'une manière si sainte ; de
« ce loyal caractère, auquel, par une
« exception bien rare, il a été donné de
« traverser intact nos temps difficiles ;
« de signaler tout ce que cette âme d'é-
« lite renfermait de sentiments géné-
« reux, de solides vertus et de qualités
« attachantes ; de parler enfin de ce dé-
« vouement entier, éclairé, exempt de
« toute arrière-pensée personnelle, que
« le comte de La Ferronnays portait à un
« principe regrettable et à de grandes
« infortunes si noblement supportées.
« Craignant d'empiéter sur les droits sa-
« crés de l'amitié, je me bornerai sim-
« plement à mentionner les circons-
« tances sous l'impression desquelles
« j'ai connu M. de La Ferronnays.

« C'était à l'occasion de la retraite

« prêchée dans la semaine de Noel
« par M. l'abbé de Ravignan, dont il
« était l'ami. A son air d'attention avide,
« à la profonde sympathie qui se peignait
« sur ses traits émus, on eût dit que
« cette âme chrétienne s'élançait tout
« entière au devant des paroles de vie
« qui tombaient des lèvres de l'apôtre.
« Mais comment peindre tout ce que sa
« figure et son attitude exprimaient au
« moment de la communion générale ?
« Ceux qui ont vu alors M. de La Fer-
« ronnays ne sauraient désormais l'ou-
« blier, et son souvenir restera pour
« eux inséparablement lié à ces jours
« d'édification.

« Puisse cet hommage spontané, of-
« fert à sa mémoire par un homme qui
« lui fut presque étranger, apporter
« quelque adoucissement à l'amertume
« des regrets qu'il laisse après lui !

« Rome, 18 janvier 1842. »

Cette lettre est l'expression fidèle des

sentiments que j'ai éprouvés dans cette circonstance ; sentiments qui, je puis l'attester, ont été partagés par tous les Français alors à Rome, ainsi que par les étrangers qui avaient connu personnellement M. de La Ferronnays.

Avant cet événement, qui étendit comme un crêpe funèbre sur la société française, je voyais très fréquemment la digne amie de l'illustre défunt, la comtesse Charles de G***, liée avec lui par une intimité de vingt-cinq ans, qu'avaient cimentée de communes douleurs et une confiance réciproque. Cruellement éprouvée par des coups accablants et répétés, madame de G*** avait trouvé dans les sympathies de M. de La Ferronnays un appui efficace et de religieux encouragements. C'était plus qu'un ami, c'était un frère que pleurait en lui cette femme accomplie, désormais vouée à un inconsolable deuil.

Dès le lendemain j'allai lui témoigner toute la part que je prenais à la nouvelle

perte qui rouvrait des plaies récentes et
toutes saignantes encore. J'avais besoin
aussi de parler et d'entendre parler de
celui que *nous* venions de perdre ; (qu'on
me pardonne cette expression qui m'é-
chappe!) chacun avait à raconter quelque exemple de vertu, quelque mot de
lui, qui mettaient de plus en plus en lumière le haut degré de perfection auquel
la pensée chrétienne, méditée profondément et assidûment appliquée, avait en
si peu d'années élevé le comte de La
Ferronnays. Madame de G*** nous rapporta entre autres les paroles suivantes,
qu'elle avait retenues d'une conversation
qui avait eu lieu quelques jours avant sa
mort. Il était question des joies ineffables
du ciel : « Pour moi, dit M. de La Ferronnays, ce que j'y vois de plus ardemment désirable c'est la douce certitude
où l'on sera de ne pouvoir plus désormais
offenser Dieu! »

On parlait devant lui de l'ardeur avec
laquelle les martyrs couraient à la mort.

« Je ne m'en étonne pas, observa-t-il.
« Tous ceux qui me connaissent savent
« que je ne balancerais pas à sacrifier ma
« vie pour mes convictions politiques. Eh
« bien ! je regarderais comme la plus ab-
« surde inconséquence et comme la plus
« insigne lâcheté de n'en pas faire autant
« pour ma foi religieuse, qui me tient de
« beaucoup plus près au cœur et m'o-
« blige plus étroitement. »

Voici un trait qui montrera à quel point
il poussait la délicatesse de conscience
en ce qui touchait le prochain : ceci s'est
passé devant moi

Quelqu'un l'ayant prié de donner lecture d'une lettre dans laquelle se trouvait exprimé, sous la forme de la plaisanterie, un blâme mérité contre un
homme qu'il avait connu, M. de La
Ferronnays s'en défendit, alléguant en
riant qu'il avait été trop lié avec le pauvre M.... pour le livrer de la sorte.

Peu de gens ont réuni au même degré que lui les solides vertus du chré-

tien aux qualités aimables de l'homme
du monde. Sa piété n'avait rien d'austère;
sévère pour lui seul, il se montrait bon
et indulgent pour tous. En sortant d'une
église, où il avait été un objet d'édification, il contribuait plus que personne
à l'agrément d'un salon par son égalité
d'humeur, ses bienveillantes manières
et sa conversation facile et enjouée.

Un juge compétent en matière de spi-
ritualité, M. l'abbé de Ravignan, qui
connaissait bien son illustre ami, s'éton-
nait de cette ardeur de charité dont il le
voyait embrasé, et avait dit de lui à
cette occasion : « Il est impossible que
« cette âme se soutienne longtemps sans
« un miracle à une pareille hauteur dans
« l'amour de Dieu ! »

La mort s'est chargée trop tôt, hélas!
d'expliquer ces paroles significatives ; ce
degré transcendant de vertu, auquel était
parvenu M. de La Ferronnays, était un
indice avant-coureur du prochain affran-
chissement de cette âme chrétienne, qui

aspirait à sa délivrance. C'était comme la dernière lueur éclatante que jette le flambeau prêt à s'éteindre, ou qui va, pour parler le langage de la foi, briller d'une plus pure splendeur dans une région plus haute et plus sereine, d'où il guidera, comme un phare tutélaire, ceux qui luttent dans l'orage et dans la nuit.

A la suite d'un de mes entretiens avec la comtesse de G***, je dus à une confiance dont j'ai senti tout le prix, et dont je suis profondément reconnaissant, la communication de deux lettres écrites dans le courant de cette dernière année par M. de La Ferronnays à son amie succombant sous le coup de deux pertes irréparables (celles d'un mari et d'une sœur). Jamais l'amitié ne fit entendre un langage plus chaleureux ni plus dévoué; jamais elle ne sut choisir des formes plus délicates, plus remplies de ménagements, que dans ces admirables lettres, où le mot de mort ne se trouve pas une seule fois! Les consolations, les espé-

rances puisées dans la foi la plus ferme
et la plus confiante, y sont présentées
avec une force de conviction et une hauteur de paroles qui sont de nature à en
rendre l'effet certain sur toute personne
pénétrée des vérités du christianisme.
On dirait l'âme de S. Augustin, prodi-
guant tous ses trésors dans les épanchements intimes de la plus ardente, de la
plus compatissante charité. Sans y penser, sans même le savoir, l'écrivain a
rencontré sous sa plume les formes les
plus heureuses ; de ces formes qui vous
échappent lorsque vous les cherchez, et
il atteint dans son élan aux beautés
oratoires de l'ordre le plus élevé. On retrouve, en un mot, S. Augustin dans le
style, de même qu'on l'a trouvé dans les
sentiments et les pensées.

Madame de G*** voulut bien encore
me donner lecture d'une longue prière
composée par M. de La Ferronnays à son
usage particulier, et qu'il récitait chaque
jour. Je n'en dirai que ce seul mot : c'est

qu'on croit lire un chapitre retrouvé des sublimes confessions du saint évêque d'Hippone. C'est cette même chaleur d'âme, ce même entraînement passionné vers Dieu, cette même horreur de tout ce qui pourrait en éloigner désormais. La sainte douleur qui fait les élus s'y exprime en gémissements sortis des profondeurs de l'âme ; plus loin, l'amour et la reconnaissance y éclatent, comme un hymne d'actions de grâces.

Il est impossible à un chrétien de demeurer froid à une pareille lecture ; à mon émotion mal contenue, madame de G*** put se convaincre qu'elle n'avait pas mal placé cette précieuse marque de sa confiance.

Je dis précieuse, et sous plus d'un rapport ; en effet j'ai été par elle mis à même de vénérer et de chérir, en parfaite connaissance de cause, la mémoire d'un homme vers lequel je me sentais irrésistiblement entraîné, mais que jusque là j'avais respecté et aimé sur la foi d'autrui et sur son honorable réputation.

On a dit devant moi, et je me suis refusé à le croire, que M. de La Ferronnays
avait des détracteurs, et même des ennemis! Serait-il donc vrai, à la honte de
l'espèce humaine, qu'il existât de ces
âmes viles, haineuses et jalouses au point
de haïr et de s'efforcer de ravaler à leur
infime niveau tout ce qu'il y a de beau,
de grand, de généreux, y voyant comme
un reproche tacite, comme une condam-
nation toujours subsistante de leur propre bassesse? Serait-il vrai qu'il se trouvât
de ces esprits misérablement ingénieux
à tout désenchanter, et qui ont toujours
en réserve quelque *mais* perfide au service des passions dénigrantes et des sentiments pervers? S'il en était ainsi, qu'ils
fassent justice d'eux-mêmes ; qu'ils se
cachent et se taisent devant cette mémoire si généralement honorée, sur laquelle la mort a étendu son inviolabilité.

Ah! qu'il vaut donc bien mieux se
tromper du bon côté, je veux dire par

excès de charité et de confiance! qu'il
vaut mieux s'abandonner sans résistance
à cet heureux instinct du beau et du vrai
qui élève l'homme, en le portant à ad-
mirer franchement du moins, s'il ne lui
est encore donné de faire mieux, tout
ce qui est véritablement digne d'admi-
ration et d'estime!

Les amis et les connaissances de la famille de La Ferronnays se pressaient, se
succédaient dans cette maison de deuil
pour y prier auprès du corps. J'y vins
unir mes prières aux leurs, et de ma vie
je n'oublierai l'impression des deux séan-
ces, je dirais presque des deux pélérina-
ges que j'y fis.

C'est qu'en effet on ne quitte pas un pareil cercueil tel qu'on s'en est approché, c'est à dire sans en rapporter quelques grâces. Il est de foi qu'en pareil cas la prière ne demeure jamais sans résultat ; si elle est superflue pour celui à l'intention duquel elle est faite, son effet est reversible sur celui qui la fait, et, selon les paroles du Sauveur, « Sa paix retourne à lui. »

C'était le mercredi matin, 19 janvier ; on avait transformé, à la hâte, en chapelle ardente, une pièce qui conservait encore les vestiges de sa récente destination. Nous étions dans ce même cabinet où, deux jours seulement auparavant, M. de La Ferronnays avait reçu, travaillé et prié ; car cette âme, constamment en présence de Dieu, priait partout et toujours. La famille en grand deuil, les amis également en noir, étaient agenouillés autour de ce cercueil, objet de tant d'amers regrets et d'espérances immortelles ; de ce cercueil d'où allaient découler des grâces si extraordinaires, et autour duquel devait rayonner bientôt l'auréole du prédestiné.

Des ecclésiastiques français distingués, les uns par de rares talents, les autres par les succès obtenus dans l'art difficile de la direction des âmes, tous par leur angélique piété, quelques jeunes prêtres polonais, que M. de La Ferronnays secourait, étaient groupés auprès d'un autel improvisé, faisant leur action de grâces ou se préparant à officier à leur tour. L'expression profondément triste de leurs traits témoignait assez de la sympathie qui les unissait à ces fidèles, courbés sous le poids de l'affliction, auxquels ils étaient accourus apporter les consolations et le secours de leur saint ministère. L'un d'entre eux, M. l'abbé Gerbet, offrait pour l'âme de celui qui avait été son ami le sacrifice de propitiation. Je n'ai jamais assisté à une messe célébrée avec plus de dignité, d'onction et entendue avec un plus parfait recueillement.

Parmi ces personnes agenouillées et priant avec la ferveur la plus touchante, on distinguait aisément la veuve inconsolable du comte de La Ferronnays ; appuyée sur sa chaise et la tête cachée dans ses mains, elle s'efforçait vainement de retenir ses sanglots. C'était un tableau déchirant!...... Mais il changea de caractère dans l'instant solennel où cette famille et ces amis éplorés se présentèrent pour recevoir la communion. Madame de La Ferronnays s'avança en chancelant, soutenue par ses filles et par son amie, la comtesse de G***, et tenant à la main ce même crucifix que son mari avait pressé pour la dernière fois de ses lèvres mourantes. Alors le prêtre se retourna pour appeler d'en haut la bénédiction sur ces fronts prosternés ; il bénit, à l'instar de son divin maître, « *comme ayant autorité,* » et avec cet air de pieuse commisération, cette émotion contenue qui sied si bien au ministre du Dieu des miséricordes dans l'exercice de ses augustes fonctions.

Il y avait un grand et salutaire enseignement dans cette bénédiction prononcée au nom du *Dieu vivant* « descendu « du ciel pour donner la vie au monde,» en présence des restes inanimés de ce juste. Saisi par un si frappant contraste, l'esprit se reportait à ces paroles, gage assuré d'immortalité : «Celui qui croit en moi, s'il était mort, vivra, et je je le ressusciterai au dernier jour ! »

Vous le savez, Seigneur ! nul n'a cru en vous d'une foi plus ferme et plus confiante que celui autour duquel nous étions réunis en votre nom pour prier et pleurer.

Le saint prêtre se retourna de nouveau, tenant le prix de notre rédemption; il distribua le pain des forts à ces chrétiens abattus, mais non vaincus, puisqu'ils recevaient dans leur dénuement le Dieu dont l'apôtre a dit : « Je puis tout « en celui qui me fortifie. »

Non, jamais le christianisme ne m'avait apparu aussi sublime, aussi parfaitement approprié aux besoins et à la faiblesse du cœur de l'homme! lui seul en effet peut égaler l'efficacité des consolations à la grandeur des infortunes, et tempérer l'amertume des regrets par l'infaillible garantie des espérances.

En cet instant de recueillement général chacun se sentit gagné d'une émotion qu'il ne fut plus possible de maîtriser. Les larmes coulèrent sans contrainte ; mais ces larmes étaient de celles dont Jésus-Christ a dit : « Bienheureux « ceux qui pleurent! » Et, par un effet merveilleux de cette promesse, la présence réelle du consolateur se faisait sentir à ces cœurs désolés avec une douceur ineffable.

A la faveur du mouvement causé par la communion, l'un des assistants glissa furtivement son livre de prières sur le pied du cercueil pour consacrer par un gage en quelque sorte matériel le souvenir ineffaçable de cette matinée, qui se renouvela le lendemain avec ce

2*

même caractère touchant et si plein d'é-
dification.

Peut-être se trouvera-t-il quelques
personnes d'une délicatesse exagérée en
fait de publicité, et disposées par là à me
savoir mauvais gré d'avoir divulgué les
détails qui précèdent. Je n'ignore pas
que les regrets de famille, que la piété
humble et fervente ont leur sainte pu-
deur, et je sais ce qu'on leur doit de ménagements ; mais dans le cas dont il
s'agit j'ai cru pouvoir, sans blesser des
convenances que je respecte, parler de
ce que tous ont vu et éprouvé. Ce qui se
rattache à une fin si belle me semble dû
à l'édification publique ; et d'ailleurs là
où l'on prie autour d'un cercueil la vie
privée cesse d'être *murée ;* la mort ouvre
toutes les portes au pieux empressement
des chrétiens.

Pour ce qui est des lecteurs impa-
tients qui trouveraient que je me suis
trop longtemps arrêté sur les détails préliminaires, je leur ferai observer que tout

ce que j'ai dit jusqu'ici de M. de La Ferronnays n'est rien moins qu'un hors-d'œuvre ; son nom se rattache au fait de la conversion de M. Ratisbonne comme la cause à l'effet, et il ne serait pas possible de les séparer dans ce récit sans courir le risque de le rendre moins complet et surtout moins clair.

Et puis, pour dire toute ma pensée, le spectacle d'une vie et d'une mort pareilles est à mes yeux un objet non moins consolant et non moins utile à faire connaître que la miraculeuse conversion à laquelle sont consacrées les pages qui vont suivre.

J'arrive enfin à la circonstance que quelques-uns appelleront fortuite, et que je regarde, moi, comme providentielle; à cette rencontre à jamais bénie par laquelle a commencé mon rôle de témoin dans cette série de faits d'un si haut intérêt que j'ai entrepris de raconter.

Le cercueil de M. de La Ferronnays devait être transporté, dans la soirée du jeudi 20, à l'église de sa paroisse (*San-Andrea delle Fratte*); je m'informai s'il était d'usage à Rome d'accompagner le corps depuis la maison mortuaire jusque

là : on me répondit que non, mais que
les personnes qui voudraient rendre ce
pieux hommage à M. de La Ferronnays
pourraient se trouver à l'église à l'heure
indiquée pour l'y recevoir. J'y arrivai
une demi-heure à l'avance; il faisait
déjà presque nuit. L'église, fort sombre,
n'était éclairée que par les cierges de
quelques moines, qui allaient et venaient
d'un air indifférent, attendant l'arrivée
du convoi funèbre. En m'agenouillant
dans un confessionnal, près de la place
réservée au catafalque, je distinguai dans
l'ombre, à deux pas de moi, un jeune
homme prosterné contre la balustrade
d'une des chapelles latérales. A son attitude profondément recueillie, à la ferveur de sa prière, je ne doutai pas que
ce ne fût un parent ou quelque ami de
M. de La Ferronnays, arrivé à Rome pro-
bablement dans la journée, et venu là
pour payer un dernier tribut de prières
à celui qu'il ne devait plus revoir.

Au bout de quelques minutes j'a-

perçus M. de Bussière, que je n'avais
plus rencontré depuis la mémorable
conversation du dimanche soir chez madame la princesse B... : il se dirigeait vers
nous accompagné du sacristain, qui portait un cierge, à la lueur duquel je pus
voir distinctement l'intéressante figure
et la tournure élégante du jeune inconnu. M. de Bussière lui adressa à voix
basse quelques paroles que je n'entendis
pas, puis dit au sacristain en italien d'é-
tranger, dont je ne perdis pas un mot :
«Voici un monsieur qui veut rester en
prières auprès du corps jusqu'à dix heures; quand vous fermerez l'église vous
l'y laisserez, et à dix heures précises je
reviendrai le chercher. Dites-moi seulement à quelle porte je dois frapper, et
soyez là pour m'ouvrir. » Après ces paroles M. de Bussière s'éloigna; le jeune
homme reprit sa première position, et
me parut bientôt aussi absorbé dans ses
méditations que je l'avais vu auparavant.
Un demi-quart d'heure après je vis re-

venir M. de Bussière, amenant avec lui
M. l'abbé Gerbet. Celui-ci tenait également
ment à la main un cierge, ce qui me
permit de ne rien perdre de ce qui passa.
Son compagnon lui présenta l'inconnu,
dont je n'entendis pas le nom, puis dit
à celui-ci en lui désignant l'abbé : « C'est
M. Gerbet, l'ami et le confesseur du
comte de La Ferronnays. » Aussitôt
M. Gerbet serra avec effusion la main que
lui tendit le jeune homme, qui s'inclina
plein d'émotion, tandis que la physionomie du digne prêtre rayonnait de bienveillance et d'une joie céleste. Ces messieurs partis, l'étranger se remit à genoux, et je ne m'en occupai plus. Le
corps fut apporté dans l'église, et après
quelques versets psalmodiés par les moines chacun se retira.

Le service avait été annoncé pour le
lendemain ; je m'y trouvai placé justec-
ment à côté de mon inconnu de la veill-.
Il était en grand deuil, ce qui me con-
firma dans ma première supposition,

d'autant plus que je remarquai en lui le
même recueillement et la même émotion ; de plus sa pâleur était extrême.
Après le service toutefois je fus frappé
d'une circonstance qu'il me fut impossible d'expliquer et d'accorder avec mes
suppositions; j'observai que ni le gendre
de M. de La Ferronnays, ni aucun des
amis de la famille, sauf de M. de Bussière, ne lui parla et n'eut l'air de le connaître.

Sorti de l'église pour me rendre chez
la comtesse de G***, je trouve à la porte
M. l'abbé Gerbet, qui m'arrête, me saisit
par le bras, et me dit avec une expression de bonheur inexprimable : « Vous
savez ce qui vient d'arriver ?.... le miracle ? — Un miracle! non, je ne sais
rien. — La conversion de ce juif ? »

A ces mots je pensai : Ce sera sans
doute quelque pauvre diable du *Ghetto*
qui aura voulu spéculer ainsi sur la réputation de sainteté de M. de La Ferronnays et les pieux regrets de sa famille.

« Et de quel juif ? demandai-je froidement.—Du jeune Ratisbonne, frère de l'abbé Théodore. » A ce nom je devins attentif ; ayant habité Strasbourg , je connaissais la position de cette famille et la considération dont elle jouissait. J'étais lié en outre avec l'abbé Ratisbonne , et dans le premier moment je présumai que son exemple, ses conseils, ses prières surtout avaient pu influer *naturellement* sur cette détermination de son frère. (1)

M. Gerbet poursuivit son récit avec un accent de conviction qui finit par m'ébranler, et le termina en me disant : « M. Ratisbonne était au service ; ne l'avez-vous pas vu ? » Ces mots furent pour moi un trait de lumière ; le nouveau converti n'était autre que le mystérieux étranger qui m'avait tant frappé. Je pressentis dès lors un miracle ; mais néan-

(1) Il l'avait fait inscrire depuis un an sur les registres, et recommandé aux prières de la célèbre archiconfrérie de Notre-Dame-des-Victoires.

moins je me promis de prendre d'exacts renseignements, de remonter à la source, de tout examiner avec maturité, et de ne pas admettre légèrement et sur parole un fait de cette importance.

J'allai aussitôt aux informations chez la comtesse de G***, point de réunion de la société française; on ne s'y entretenait que du miracle; chacun rapportait ce qu'il en savait. Quant au fait en lui-même et aux principaux détails, les récits concordaient parfaitement. Il était une circonstance d'un caractère mystérieux, et telle qu'on les voit souvent dans les vieux légendaires, sur laquelle on insistait beaucoup. M. Ratisbonne avait trouvé, disait-on, quelques jours auparavant une bague, que lui avait donnée sa fiancée, brisée et gisant en deux morceaux au fond de sa boîte à bijoux. Je hasardai une timide objection : — Mais cette bague n'était peut-être que simplement faussée? — Aussitôt je me vis réfuté par trois ou quatre personnes à la fois. Si je mentionne ce fait, en apparence insignifiant, c'est parcequ'il donne l'idée de la disposition générale des esprits et de celle, plus méfiante, dans laquelle je me trouvais moi-même. (1)

Le samedi 22 (surlendemain du miracle) je me rendis chez M. de Bussière, où je trouvai M. Ratisbonne, auquel il me présenta comme une connaissance de l'abbé Théodore. Je saluai avec cordialité ce nouveau frère, et nous commençâmes à causer de son étonnante conversion. Il voulut bien entrer avec moi dans toutes les explications que je pus désirer, répondre à mes questions nombreuses, et mettre sous mes yeux la lettre qu'il venait d'écrire à son frère l'abbé, et dont il me permit de prendre copie. Il me rapporta de mémoire plusieurs passages de celle qu'il avait adres-

(1) Cette circonstance, d'abord inexactement rapportée, s'explique d'une manière toute naturelle. Ce n'était point une bague, mais une petite main en corail taillé très frag.le.

sée à son oncle de Strasbourg pour l'in-
former de sa conversion. M. de Bussière,
de son côté, ne se montra pas moins
obligeant ni moins communicatif; il eut
la bonté de me lire la relation circons-
tanciée qu'il venait de terminer pour
son ami l'abbé Ratisbonne, et m'autorisa à la copier.

Alors pour moi « la lumière se fit; »
dès ce moment je vis clair dans cette
miraculeuse histoire, et il ne resta plus
dans mon esprit aucune hésitation. Il n'y
avait plus moyen de s'en défendre : moi
aussi j'étais converti, et ma conviction
s'était irrévocablement formée.

Le jour suivant je revins chez M. de
Bussière prendre copie de sa lettre à
l'abbé. M. Ratisbonne écrivait à la
même table, et nous nous interrompions
fréquemment, moi pour lui demander,
lui pour me donner des explications.
C'est cette première narration de M. de
Bussière, pleine de vie et d'actualité, qui
formera la base de mon récit; j'y join-

drai les détails que plus tard j'ai recueillis
de sa bouche, de celle de M. Ratisbonne
lui-même, ainsi que de quelques autres
avec lesquels celui-ci s'est trouvé dans
les premiers moments en rapports immédiats. Je ferai parler les divers personnages, selon que j'en sentirai le besoin pour la rapidité et la plus grande
clarté de mon récit, me portant garant
toutefois de la parfaite exactitude des
paroles que je mettrai dans leurs bouches. Je réunirai et grouperai dans le
même but les circonstances de détail,
de manière à former de ces rayons
épars un foyer de lumière qui puisse
faire apparaître dans tout leur jour le
fait principal et les faits accessoires qui
l'ont préparé, qui l'expliquent et le
confirment. J'espère par là réussir à rendre de la dernière évidence ce qui pour
moi ne saurait plus être désormais l'objet d'un doute.

Je préviens, au reste, le lecteur qu'il
ne doit pas s'attendre à trouver ici

de nouveaux détails, des circonstances non encore connues. J'ai travaillé sur les mêmes matériaux que M. de Bussière, et je n'ai pas la prétention d'en savoir plus que lui, qui a été le premier, le continuel témoin, disons mieux, l'agent de tout ce qui s'est passé. La seule différence qui pourra se trouver entre nos deux récits sera celle qui résulte nécessairement de nos personnalités diverses ainsi que de nos positions respectives, et l'uniformité qu'on y remarquera sera une preuve de plus de leur scrupuleuse exactitude.

M. Alphonse Ratisbonne, frère puîné de l'abbé du même nom, (il a vingt-huit ans) avait récemment quitté Strasbourg pour faire une excursion en Orient. Il devait être de retour chez lui vers la fin de l'été, époque fixée pour son mariage avec sa nièce, à laquelle il venait de se fiancer.

Arrivé directement de Marseille à Naples, il ne songeait nullement à visiter Rome, malgré les conseils que lui donnaient ses amis de profiter de la proximité où il se trouvait pour y faire un séjour de quelques semaines. Un matin il

3

était sorti de chez lui dans l'intention
d'aller assurer sa place au bateau à vapeur en partance pour Malte lorsque, passant devant le bureau des diligences de
Rome, il changea brusquement d'idée,
et sans raison aucune, dit-il, sans pouvoir assigner un motif plausible à un
changement aussi subit de détermination, il entra et se fit inscrire pour le plus
prochain départ. « Il semblait qu'une
main invisible, nous a-t-il répété depuis, me poussât vers Rome en quelque
sorte malgré moi. »

Après avoir séjourné quinze jours dans
cette ville il songea à en repartir, et crut
qu'il serait poli d'aller voir M. Théodore
de Bussière, l'ami de son frère, qui d'ailleurs pourrait lui donner quelques renseignements utiles sur l'Orient. Il se rendit donc chez lui le samedi 15 janvier;
mais en montant l'escalier il ne vit plus
que la gêne et l'ennui d'une première
visite faite à un homme qu'il connaissait à peine, et espéra bien en être quitte

pour une carte. Il n'en fut pas ainsi; le
domestique l'introduisit au salon, « où
j'entrai fort à contre-cœur, dit-il, et ne
pouvant pas faire autrement. » Effectivement le comte de C***, ami de M. de
Bussière, qui était présent, m'a confirmé
que M. Ratisbonne avait en entrant l'air
d'un homme visiblement contrarié.

M. de Bussière mit dès le début la
conversation sur Rome, et demanda au
frère de son ami ce qu'il avait déjà vu.
« J'ai vu entre autres choses, répondit
celui-ci, la vieille église d'Aracœli sur
l'emplacement du Capitole, et j'avoue
qu'elle a produit sur moi une impression extraordinaire et tellement forte que
mon valet de place, s'en étant aperçu,
m'a demandé si je ne voulais pas sortir
pour prendre l'air. Non, non! restons
encore un moment, lui répondis-je tout
troublé. »

Toutefois M. Ratisbonne protesta que
cette impression avait été purement religieuse et nullement catholique. Pour

en mieux convaincre **M.** de Bussière il
ajouta qu'étant revenu à son hôtel par
le *Ghetto* il avait été si frappé de la misère de ses malheureux coreligionnaires,
de leur dégradation et du mépris dont
ils paraissaient être l'objet, qu'il avait
ressenti en ce moment un redouble-
ment de haine contre la religion catholique. « J'écrivis à cette occasion à
ma sœur, ajouta-t-il, que j'aimais mieux
être parmi les persécutés que parmi les
persécuteurs. »

Quoi qu'il en soit, il a observé que
pendant qu'il parlait à M. de Bussière de
son impression d'Aracœli il avait vu
comme un éclair briller dans ses yeux,
et que son regard semblait lui dire : *Tu
es à moi.*

Obéissant de confiance à ce prophétique pressentiment, M. de Bussière en-
tama le chapitre religieux, et chercha à
faire entrevoir et goûter à son jeune vi-
siteur quelque chose des vérités du christianisme ; mais il se vit reçu d'une ma-

nière peu encourageante. M. Ratisbonne
fit valoir les motifs nombreux et déter-
minants qu'il avait de rester juif : les
juifs pouvaient désormais arriver à tout
en France ; il venait d'être admis comme
associé dans la grande maison de banque
qui portait son nom, et de plus il était
fiancé à une juive, sa parente, jeune,
belle et riche, qu'il aimait et dont il était
aimé ; il se trouvait d'ailleurs à la tête
de toutes les œuvres juives de sa ville
natale, ayant pour but la régénération
de ses coreligionaires. Enfin il ne dis-
simula pas à M. de Bussière le peu de
penchant qu'il éprouvait pour le catholicisme, et il se hâta de rompre une
conversation qui n'était nullement de
son goût par ces mots : « Je suis né juif,
je mourrai juif ! » Après quoi il se pré-
para à prendre congé ; et cependant il
ne pouvait se décider à sortir. « Je me
sentais comme cloué sur ma chaise, »
a-t-il dit depuis. Toutefois il se leva en
annonçant qu'il allait quitter Rome le

surlendemain ; sa place était déjà rete-
nue. M. de Bussière, qui s'était senti saisi
au premier abord d'un vif intérêt pour
le frère de son ami et qui avait ses vues
sur lui, s'efforça de le décider à prolon-
ger son séjour. On ne pouvait pas raisonnablement partir de Rome, lui dit-il,
sans avoir vu le pape, qui officiait à Saint-
Pierre dans le courant de la semaine ; ce
dernier argument parut faire quelque
effet sur M. Ratisbonne, qui pourtant
ne s'engagea point à rester.

Au moment où il allait sortir M. de
Bussière lui dit : « Puisque vous êtes un
esprit si fort, vous ne ferez sans doute
aucune difficulté d'accepter cette médaille de la sainte Vierge, que je vous
prie de porter en souvenir de moi. »

M. Ratisbonne s'en défendit quelque
temps, puis enfin, pour se débarrasser
de ces importunités, il accepta afin de
prouver que les juifs n'étaient pas aussi
entêtés qu'on le prétendait. « Et après
tout, ajouta-t-il, si cela ne peut faire

grand bien, cela ne peut toujours pas faire de mal. D'ailleurs, regardant votre médaille comme un pur enfantillage, j'aurais mauvaise grâce à ne pas la prendre, puisque cela vous fait plaisir. » En achevant ces mots il se la passa effectivement au cou en riant aux éclats et en faisant maintes plaisanteries.

Enhardi par ce premier succès et cédant à son insu à un mouvement d'indiscrétion tout apostolique (1), M. de Bussière ne s'en tint pas là, et pressa son jeune ami d'accepter aussi et de réciter une fois chaque jour une prière célèbre de S. Bernard à la Vierge (le *Memorare*) dont l'efficacité était reconnue. Le vieux sang juif de M. Ratisbonne se révolta à cette proposition : « Elle me parut, dit-il, aussi déplacée, aussi inconvenante que possible ; ce monsieur, pensai-je, me force à prendre sa médaille, et voilà qu'il pousse l'impor-

(1) « *Increpa opportunè, importunè.* » a dit S. Paul.

tunité jusqu'à vouloir que je récite une prière à la Vierge! Eh, mais, que dirait-il si j'allais lui proposer, moi, de répéter une prière en hébreu! »

Néanmoins, vaincu de nouveau par l'insistance de M. de Bussière, cédant peut-être à la mystérieuse impulsion de cette *main invisible* qui l'avait malgré lui poussé à Rome et mis forcément en contact avec son futur convertisseur, il finit par accepter le papier que celui-ci lui présentait. « Mais je ne possède que ce seul exemplaire, lui dit M. de Bussière, qui voulait par cette ruse le contraindre à lire au moins la prière; ayez donc la complaisance de le copier et de me le rendre. » M. Ratisbonne en prit l'engagement et sortit, se promettant bien, écrivait-il à ses parents, de faire de la médaille *miraculeuse* et de la prière *infaillible* un chapitre amusant et comique de ses notes et impressions de voyages.

Rentré chez lui, il copia donc le *Me-*

*morare,* puis le lut et relut, s'efforçant de découvrir ce qu'il y avait là de « si remarquable. » Il fit tant qu'il sut cette prière par cœur et qu'il allait la répétant malgré lui, dit-il, « comme un air d'opéra qui vous est resté dans la mémoire, que vous chantez et rechantez sans cesse malgré vous et tout en vous impatientant! »

Le lendemain dimanche, veille de son départ arrêté, M. Ratisbonne retourna chez M. de Bussière pour lui rendre son *Memorare* et lui faire définitivement ses adieux. La conversation fut de nouveau remise sur les matières religieuses. M. de Bussière devenait plus pressant; M. Ratisbonne paraissait mal à l'aise, et son agitation était visible. « Je suis troublé! » s'écria-t-il à diverses reprises. Il interrompit son interlocuteur par ces mots, prononcés d'un ton d'impatience : « Sorcier! magicien!!! » Puis quelques instants après il lui dit : « Comment donc! vous ne me connaissez que depuis

3*

vingt-quatre heures, et vous me forcez
à entendre des choses que mon frère
n'oserait pas me dire! » Et M. de Bussière continuait imperturbablement à
s'acquitter de sa mission d'apôtre, le
laissant, suivant la belle expression du
P. Lacordaire, « se débattre contre le
vent du ciel en attendant la main qui
devait le cueillir dans sa maturité. » (1)

Cette impression toutefois dura peu.
Le surlendemain M. de Bussière ayant
entamé le même chapitre de conversation, M. Ratisbonne, après l'avoir écouté
froidement, répondit de ce ton moqueur
et léger qui lui était habituel : « Je son-
gerai à tout cela quand je serai à Malte;
j'en aurai le temps : j'y dois passer
deux mois; ce sera bon pour me désen-
nuyer. »

Après cette seconde visite M. Ratisbonne se leva pour prendre définitivement congé. « Vous ne partirez pas! lui
dit M. de Bussière de grand sang-froid.

(1) Vie de S. Dominique, chap. XIV, p. 263.

— Mais ma place est payée. — Nous allons la décommander. Je vous demande en grâce encore huit jours, après lesquels vous serez libre de vous en aller. D'ailleurs il faut absolument voir le pape officier à cette fête de la Chaire de S. Pierre, qui est magnifique. » Et M. Ratisbonne céda encore ainsi qu'il avait cédé jusqu'alors.

Ce fut ce même jour du dimanche 16 que M. de Busssière, dînant chez madame la princesse B*** avec son ami M. de La Ferronnays, lui parla le soir de ses deux entretiens avec M. Ratisbonne. C'était là cette conversation mentionnée plus haut et que j'arrivai malheureusement trop tard pour entendre. J'emprunte ici les propres paroles de M. de Bussière : « Le comte de La Ferronnays écouta mon histoire avec un intérêt indicible, et promit de prier, de prier beau-coup pour la conversion de mon cher Israélite ainsi que pour celle des famille. Ayez confiance, ajouta-t-il en finissant; puisqu'il dit le *Memorare*, vous le tenez! »

Et ce n'était pas là une de ces impressions du moment qu'efface une impression nouvelle. M. de La Ferronnays rentrant le soir chez lui y trouva M. l'abbé Gerbet, et ne l'entretint pendant une demi-heure d'autre chose que du « juif de Bussière, » dont il était vivement et exclusivement préoccupé ; puis il dit : « Il faut prier beaucoup à son intention. »

Le lendemain 17, jour de sa mort, M. de La Ferronnays alla entendre la messe à sa paroisse, où il resta longtemps en prières devant l'autel de la Vierge. Le soir il dit à madame de La Ferronnays : « J'ai bien répété plus de cent fois le *Memorare* aujourd'hui! » Mais il n'exprima pas que ce fût *spécialement* à l'intention de M. Ratisbonne.

Il n'existe donc pas de preuves directes, positives qu'il ait prié pour sa conversion en ce jour suprême; mais on arrive par induction à la certitude morale qu'il a dû *nécessairement* en être ainsi. En effet il est de toute impossibilité que la pensée de charité qui la veille s'était si fortement saisie de cette âme chrétienne s'en fût effacée aussi promptement, sans qu'il en fût resté aucune trace le lendemain. M. de La Ferronnays a donc prié pour « le juif de Bussière » le jour de sa mort; c'est là un de ces faits dont tout homme sensé peut dire hardiment : Je n'en sais rien, mais j'en suis sûr.

Ici je demande la permission de m'effacer comme auteur pour n'être plus que copiste, et de faire passer devant moi l'agent providentiel du miracle, qui en est en même temps l'historien naturel. Je vais reproduire textuellement la fin de la lettre de M. de Bussière à l'abbé Ratisbonne, dans l'intérêt bien entendu de mon sujet comme de mes lecteurs; car il y a, selon moi, dans le pronom personnel employé par un témoin oculaire une puissance d'actualité, un élément

de crédibilité (qu'on me passe ce barba-
risme) dont rien ne saurait tenir lieu.

« . . . . . . . Après la mort de
M. de La Ferronnays je consacrai à sa
famille, que je regarde comme la mienne,
les journées et une partie des nuits suivantes. Je trouvais toutefois encore
moyen de consacrer chaque jour une
ou deux heures à Alphonse, dont je
m'efforçais de porter la pensée sur les
vérités chrétiennes. J'avais peu de succès ; ce que je disais était reçu froidement, et il répondait souvent par un jeu
de mots à ce qu'il appelait *mes rêveries.*
Pourtant je ne me décourageais pas, et
votre frère, étonné de ma tranquillité,
ne savait comment la faire cadrer avec le
désir ardent que j'avais de le convertir.
Il me fit même à ce sujet une plaisanterie, à laquelle je répondis que, plein de
confiance dans les promesses de Dieu et
le voyant de bonne foi, j'étais sûr qu'il serait un jour catholique, quand bien même
il lui faudrait un ange pour le convertir.

« Un instant après nous passâmes devant la *Scala santa* ; je m'écriai alors en soulevant mon chapeau : Salut, escalier saint ! voici un juif qui vous montera quelque jour à genoux ! A ces paroles Alphonse se mit à rire aux éclats d'un rire vraiment diabolique.

« Je le quittai en lui donnant rendez-vous pour le lendemain (jeudi 20) à une heure, et je retournai chez les La Ferronnays. Là, agenouillé auprès du cercueil, je priai instamment ce bien aimé défunt de m'aider à convertir mon jeune ami, si déjà il était au séjour des bienheureux.

« Le jeudi votre frère n'étant pas chez moi à l'heure convenue, j'allai le chercher ; je le rencontrai en chemin, le fis monter dans ma voiture, et lui proposai une promenade, le priant seulement de venir avec moi jusqu'à l'église de *Sant-Andrea delle Fratte*, où j'avais une commission à faire. Lorsque nous y entrâmes, Alphonse aperçut les préparatifs du service funèbre du soir, et me de-

manda pour qui c'était. C'est, répondis-
je, pour M. de La Ferronnays, de la
mort duquel vous me voyez si affligé depuis trois jours. Il écouta ma réponse
d'un air d'indifférence, et se mit à se
promener froidement dans l'église. En
le quittant je lui criai de loin : Ne vous
impatientez pas ; je suis à vous dans un
moment.

« Je montai dans le cloître pour l'affaire
qui m'y amenait, et j'y restai dix à douze
minutes. Lorsque je descendis dans l'é-
glise je n'y vis plus d'abord votre frère,
que je finis par découvrir agenouillé devant la chapelle de l'Ange-Gardien. Je
m'approche de lui, je le pousse par trois
fois avant qu'il s'aperçoive de ma présence ; enfin il relève la tête, tourne vers
moi un visage baigné de larmes, et me
dit en joignant les mains et avec un accent impossible à rendre : *Oh! comme ce
monsieur a prié pour moi!*

« Puis il tire de sa poitrine la médaille
miraculeuse, qu'il couvre de baisers et

de larmes, et s'écrie : Mais dites-moi....
Je ne suis pas fou... je suis bien dans
mon bon sens, n'est-ce pas? Mon Dieu !
mon Dieu ! oh ! non, je ne suis pas fou..
tout le monde le sait !

« Mais qu'avez-vous donc? lui demandai-je, pressentant un miracle. — Je ne
sais..... Il se passe en moi quelque chose
d'extraordinaire...Je veux être catholique
et baptisé le plus tôt possible ! Allons,
allons! montons en voiture! menez-moi
sur-le-champ chez un confesseur ; ce
n'est qu'avec la permission d'un prêtre
que je m'expliquerai davantage : ce que
j'ai à dire, je ne puis, je ne dois en parler qu'à genoux !

« Je le ramène à son logement ; les
seules paroles que je puis tirer de lui
dans le trajet sont celles-ci : Ah ! que je
suis heureux ! que Dieu est bon ! quelle
plénitude de grâces et de bonheur !

« Sur sa demande réitérée, je me hâte
de le conduire au P. de Villefort. Là il
tire de nouveau sa médaille, la baise,

nous la montre avec transport en s'é-
criant : Je l'ai vue ! je l'ai vue !

« Le P. de Villefort lui ordonne de
parler, et voici ce qu'il nous dit : J'étais
seul dans l'église, auprès d'une chapelle
à droite, lorsque tout à coup l'édifice a
disparu à mes regards. Je n'ai plus vu
qu'une seule chapelle tout éclatante de
blancheur, en face de celle à laquelle j'é-
tais adossé. Là m'est apparue une femme
admirable, grande, brillante, pleine de
douceur et de majesté comme la Vierge
de ma médaille ; je me suis senti poussé
vers elle par une force irrésistible ; elle
m'a fait signe de la main de m'agenouiller, de ne pas résister ; puis un
autre signe comme pour me dire : C'est
bien !... Je me suis prosterné le visage
contre terre...... ELLE NE M'A RIEN
DIT , MAIS J'AI TOUT COMPRIS! »

*J'ai tout compris !* voilà le mot carac-
téristique, je dirais presque le mot sa-
cramentel du miracle, annoncé par ces
autres paroles significatives, les premières qu'ait proférées M. Ratisbonne : « Oh!
comme ce monsieur a prié pour moi ! »
Ce mot jamais un imposteur ne fût parvenu à l'inventer; un fou ne l'eût jamais
trouvé par hasard. Il résume et la nature
miraculeuse du moyen et celle non moins
merveilleuse du résultat, je veux dire
l'intervention personnelle de la sainte
Vierge, et, ce qui en a été la conséquence , l'illumination instantanée d'un

esprit jusque là obscurci par les ténèbres du judaïsme; la transformation soudaine, complète, sans gradation, sans transition préparatoire du juif hostile et persécuteur en catholique fervent, animé d'une foi inébranlable, d'une charité ardente et dévouée. Oh! oui, certes, *il a tout compris* l'homme qui a été initié d'un seul coup au sens profond du dogme catholique, à ce qui en constitue l'esprit et la substance; qui a *compris*, dans cet instant solennel où la grâce l'a éclairé et le mystère de la communion des saints, et l'efficacité de leur invocation, et la puissance de l'intercession de la Mère du Sauveur; celui enfin qui a reconnu et accepté avec une filiale soumission le principe nécessaire et par conséquent infaillible de l'autorité!

*Il a tout compris* par l'intelligence, ajoutons aussi par le cœur; car le second sentiment qu'il ait éprouvé dans cette phase rapide de régénération a été une profonde, une immense douleur, en songeant à ceux qui avaient le malheur de n'être pas catholiques, et surtout à sa famille. Ainsi la charité descendait dans son âme presque au même instant que la foi; la troisième des vertus théologales, l'espérance, devait y luire quelques moments plus tard.

Avant de terminer cette narration mentionnons encore une circonstance accessoire qui a son importance en ce qu'elle se rattache au fait principal, et porte ce même caractère de merveilleux qui le distingue. Je l'emprunte à la lettre de M. de Bussière à M. l'abbé Ratisbonne, que je copie pour la dernière fois : « Alphonse nous a avoué, au P. de Villefort et à moi, que la nuit qui avait précédé le miracle il n'avait pu dormir, et avait vu constamment devant lui une grande croix sans crucifix et d'une forme particulière; qu'il avait fait d'incroyables efforts pour chasser cette image sans jamais y parvenir. Quelques heures après, voyant par hasard et *pour la première fois* le revers de la médaille miraculeuse, il y a reconnu sa croix. » Or on se convaincra par ce qui suit qu'il n'y avait eu dans la disposition de son esprit, non plus que dans ses occupations de la veille, quoi que ce fût qui pût motiver une vision aussi étrange et aussi obstinée. En lui le juif était encore intact et plein de vie, et rien dans ses paroles ni dans ses actions ne faisait pressentir le chrétien.

Il est très important de bien constater ce qu'a été M. Ratisbonne, afin de faire mieux comprendre ce qu'il est devenu ; d'établir d'une manière irréfragable ce fait miraculeux de sa vie morale et religieuse, brusquement scindée en deux pour ainsi dire, et renouvelée de fond en comble. Je puiserai mes preuves dans mes conversations avec lui, dans ses propres aveux et dans les fragments de ses lettres, dont il m'a donné connaissance. Plus tard je produirai le témoignage concluant d'un de ses anciens camarades de pension, M. Edmond Hu-

mann, qui l'a vu et s'est entretenu avec
lui une demi-heure avant l'événement
de l'église de *Sant-Andrea delle Fratte.*

Pour peu que l'on cause avec Marie
Ratisbonne, on ne tarde pas à s'aper-
cevoir qu'on a affaire à l'une de ces âmes
neuves, candides, naturellement portées
au bien, qui ont eu le bonheur d'échapper à la contagion mortelle du sensua-
lisme, et ne se sont encore ni usées ni
salies au contact des choses et des intérêts matériels. Il s'est conservé *le cœur
pur*, et c'est pour cela qu'il devait *voir
Dieu* tôt ou tard. Au reste si ce jeune
homme avait vécu sans religion, il était
loin néanmoins d'être dépourvu du sentiment religieux, dont l'absence dénote
toujours, selon moi, une organisation
incomplète ou malade. Chez lui ce sentiment était profond, vivace, et il en
avait la conscience; mais jusqu'ici il n'a-
vait ni cherché ni trouvé à le satisfaire
en le formulant dans une croyance posi-
tive, n'ayant lu aucun ouvrage qui eût

pu l'éclairer, le guider, résoudre ses doutes et développer, en un mot, le pré-
cieux germe qui dormait au fond de son
âme. C'était à sa nationalité juive plutôt
qu'au judaïsme qu'il tenait de cœur, et
la pratique de sa religion, bien éloignée
de suffire aux besoins de son cœur et de
son intelligence, le rebutait au contraire.
«Cette religion dans laquelle nous vivons ou plutôt sommes censés vivre,
me disait-il, ne peut aboutir qu'à une
absurdité ou à une impossibilité. »

Il y avait donc là table rase en fait de
croyance; mais les matériaux, le plan et
la volonté surtout lui manquant, M. Ratisbonne ne pouvait rien édifier sur
les ruines du judaïsme. C'est qu'il avait
aveuglément rejeté cette «pierre angu-
laire» qui, selon la belle expression de
Fénélon, « porte et unit toute l'édifice
de la maison de Dieu. » Pour bâtir il faut
fonder, et il n'avait point encore creusé
assez profondément pour rencontrer le
roc.

Après tout il ne se sentait nullement
pressé de sortir de cet état d'incertitude
et d'attente, qui lui pesait peu. Il éprouvait en outre pour le christianisme une
répulsion marquée et profondément en-
racinée; un protestant, son ami le plus
intime, qui travaillait depuis plusieurs
années à l'amener à sa croyance, dé-
couragé de l'inutilité de ses efforts, disait de lui peu de jours avant sa conversion : « C'est un juif encroûté, dont on
ne peut rien faire, dont on ne fera jamais rien! » Et toutefois, à la suite d'une
de leurs discussions, M. Ratisbonne lui
avait assuré que si jamais il lui prenait
fantaisie de changer de religion il pen-
cherait de préférence vers le protestantisme, la religion catholique lui paraissant tellement absurde qu'il ne compre-
nait pas que deux prêtres de cette communion, qui venaient à se rencontrer,
pussent se regarder sans rire, à l'exemple
des anciens augures.

En voilà assez pour faire connaître la

4

disposition générale de son âme anté-
rieurement à l'époque qui devait décider
du reste de sa vie. Quant à celle qui a
précédé plus immédiatement sa conversion, je suis en mesure de fournir quelques témoignages, quelques indices pré-
cieux et de nature à la faire apprécier.

Une des premières questions que j'a-
dressai à M. Ratisbonne eut pour objet de
savoir dans quelles relations il était avec
son frère l'abbé ; je désirais être à même
de déterminer la part d'influence que celui-ci avait pu exercer sur sa conversion.
« Depuis que Théodore s'était fait chrétien et prêtre, me répondit-il, j'ai été
celui de toute la famille qui me suis
montré le plus violent, le plus animé
contre lui ; nous étions brouillés à mort ;
moi du moins je le haïssais, car lui m'a-
vait pardonné. L'année dernière un enfant de mon frère mourut presque en
venant au monde ; l'abbé, qui était présent, voulut le baptiser au dernier moment ; je fus comme un furieux et l'en

empêchai.…. Plus tard tout ce que je pus prendre sur moi fut de lui écrire, à l'occasion de mes fiançailles, une petite lettre bien sèche. »

Son séjour à Rome, ses relations avec M. de Bussière paraissaient n'avoir rien diminué de cette antipathie invétérée, de cette aigreur qu'il avait manifestées en toute occasion contre le christianisme. « J'avais bien conservé, comme toujours, dit-il dans une de ses lettres, un certain sentiment religieux ; mais je me sentais tout aussi antichrétien, aussi anticatholique surtout et plus encore peut-être que je ne l'étais à Strasbourg ! » L'avant-veille du miracle il avait eu avec son ami le protestant une discussion violente, dans laquelle il avait parlé du christianisme avec tout le mépris et la colère que la religion du *Christ* peut inspirer aux plus opiniâtres des descendants de ses persécuteurs. Sa correspondance se ressentait de cette disposition hostile, et dans une lettre subséquente il fait remarquer le contraste frappant qu'elle offre avec les blasphèmes que contenaient ses premières lettres datées de Rome, « blasphèmes qui, au reste, n'étaient que la conséquence logique de mes précédents. »

Deux ou trois jours avant celui où sa conversion eut lieu, il causa avec son ami de la solennité papale (1) pour laquelle il avait prolongé son séjour à Rome, et s'en montra fort peu satisfait, encore moins touché, faisant maintes plaisanteries sur les choses et les personnes.

Le jour même du miracle il entra vers midi au café de la Place d'Espagne, où il rencontra son ancien camarade M. Edmond Humann, « qui peut attester, dit-il, que j'étais dans une disposition d'esprit parfaitement calme, enjoué et plaisantant comme à mon ordinaire. »

Laissons parler M. Edmond Humann : « Je trouvai par hasard Ratisbonne, le jeudi 20, vers midi et demi, au café, et

(1) La fête de la Chaire de S. Pierre.

il ne me parut certes pas en disposition
religieuse ni en humeur de se faire catholique. Je le connais depuis longtemps ;
il était d'un caractère froid, nullement
enthousiaste, et pour quiconque l'a fré-
quenté un peu il est impossible d'attribuer sa conversion à des considérations
humaines. D'ailleurs il est extrêmement
vrai qu'il avait toutes les raisons possibles pour rester juif. »

« Nous causâmes, dit M. Ratisbonne,
des cancans de Paris, du recensement,
de la politique du jour, de son père, et
puis je le quittai pour me trouver au
rendez-vous que M. de Bussière m'avait
donné la veille, et refaire avec lui une
de ces promenades qui m'ennuyaient. »

Une demi-heure après M. Ratisbonne
était chrétien !

« Que s'était-il donc passé pendant ce
court intervalle? dit-il dans une de ses
lettres. J'étais entré dans cette église, je
vous le jure, aussi juif qu'à Strasbourg
pendant ma vie entière, plus encore peut-
être, et quelques minutes plus tard j'en
sortais catholique fervent, prêt à renoncer s'il le fallait à tout en ce monde. »

Il me semble qu'après le miracle arrivé
voici dix-huit siècles sur le chemin de
Damas il n'en existe pas de plus frappant que celui-ci, et nul autre ne me
paraît plus historiquement démontré.

La conversion de M. Ratisbonne offre
avec celle de S. Paul des rapports qu'on
ne saurait méconnaître. Comme celle-ci
elle paraissait être *logiquement impossible*
quelques minutes avant qu'elle s'accom-
plît, et pour quiconque se place au point
de vue des rationalistes elle restera tout
à fait inexplicable; il n'y a qu'un coup
de foudre de la grâce qui suffise à en
rendre raison.

Frappé de cette conformité si évidente,

M. l'abbé Gerbet dit deux jours après
au nouveau converti : « Une chose pareille est arrivée il y a dix-huit cents ans
à un homme de votre nation qui se
nommait Saul. — Oui, on m'en a déjà
parlé, répondit Marie Ratisbonne ; mais
je ne le connais pas ! »

Maintenant, nous le demandons aux
hommes de bonne foi, est-il possible de
méconnaître dans ce que nous venons
de raconter la trace évidente du doigt
de Dieu? Les voies de sa providence, ordinairement mystérieuses et cachées,
apparaissent ici à découvert. Ce jeune
homme, après avoir par trois fois annoncé à sa famille son départ prochain
pour l'Orient, se trouve, sans pouvoir se
rendre compte de ce qui se passe en lui,
ni assigner un motif plausible à ce changement subit de détermination, transporté à Rome, où il ne voulait pas venir.
C'est Rome qui l'attire ; c'est vers Rome
qu'il gravite irrésistiblement. Comme l'a-
pôtre avec lequel sa vocation miraculeuse

lui donne des rapports si frappants, ce qu'il veut il ne le fait pas, ce qu'il ne veut pas il se sent contraint à le faire. Décidé à partir pour Malte, c'est à Rome qu'il arrive! Bientôt la capitale du monde chrétien, cette Rome qu'à ce seul titre il maudissait il n'y a qu'un moment, apparaît à ses yeux dessillés le centre de tout ce qui est beau, de tout ce qui est grand, de tout ce qui est éternel!.. « A Rome, sans maîtres, sans livres il aura plus appris en quelques heures, dit-il, qu'il n'aurait pu apprendre dans une vie entière s'il n'y fût venu!..... » C'est que la sagesse éternelle elle-même a pris soin de l'instruire; le Seigneur a envoyé son Esprit saint, et il s'est opéré en lui une création nouvelle. Sous l'influence de son souffle régénérateur le vieil homme s'est anéanti tout à coup pour faire place à l'homme nouveau, auquel un instant a suffi pour s'élever à la hauteur et à la force de la virilité chrétienne la plus complète. M. Ratisbonne semble avoir embrassé l'ensemble du catholicisme d'un seul coup d'œil, par la simple intuition, à l'aide d'un rayon émané spécialement pour lui du flambeau de la révélation.

Mais d'où vient, dira-t-on, que Dieu déploie tout ce luxe de moyens pour sauver une seule âme? Pourquoi ces grâces si extraordinaires, cette intervention miraculeuse, cette suspension des lois de la nature en vertu de laquelle s'est opérée dans l'existence de M. Ratisbonne une solution de continuité, une métamorphose si contraire à l'ordre logique des phénomènes intellectuels? Comment cet homme avait-il donc mérité de se voir l'objet de faveurs si spéciales, si exceptionnelles?

M. Ratisbonne se charge de la réponse : « Dieu a vu que j'avais une grande sincérité dans le cœur, et il a permis qu'un ange gardien vînt me prendre visiblement par la main pour me conduire

4*

au vrai bonheur, c'est à dire à la vérité. »
Ainsi se sont vérifiées ces paroles pro-
phétiques de M. de Bussière, citées plus
haut : « Comme vous êtes de bonne foi,
je suis fermement convaincu que vous
serez un jour catholique, quand bien
même il faudrait un ange pour vous
convertir ! »

Voici pour le motif du miracle : quant
au moyen, M. l'abbé de Ravignan nous
l'avait fait connaître d'avance. « La prière,
avait-il dit dans une de ses instructions,
la prière qui réunit certaines conditions
indispensables fait une sainte violence
à la volonté de Dieu, et met en quelque
sorte sa toute-puissance aux ordres de
la charité du chrétien. »

Or on sait quel était le chrétien qui
a prié en cette occasion, et prié « sans
hésiter dans son cœur ! » On n'aura pas
non plus oublié cette foi pleine de confiance, cette ingénieuse et opiniâtre charité de M. de Bussière qui, obéissant à

une impulsion d'en haut, ne recule devant aucune importunité, aucune indiscrétion pour préparer les voies du Seigneur; il a cru fermement, et « il lui a
été fait selon ce qu'il a cru. »

Ce qui m'a le plus frappé dans mes premières conversations avec M. Ratisbonne, et ce qui ressort principalement des passages de ses lettres dont il m'a donné connaissance, c'est cette tranquillité, cette détermination résolue et énergique, mais en même temps froide et calme, qui est le caractère des positions nettes, mûrement réfléchies et acceptées franchement avec toutes leurs conséquences. Son but unique désormais, celui qui exerce sur lui une irrésistible attraction, c'est la croix, à la-

quelle il est venu de si loin après avoir
erré longtemps. Il y va droit, d'un pas
rapide et sûr, sans se laisser ralentir,
détourner, encore moins arrêter par les
obstacles qui lui barrent la route. Il
sent qu'il a reçu d'en haut une force qui
lui aidera à les franchir ou à les briser,
dût son cœur saigner de tant de chocs
violents et de déchirements douloureux.
Il ne redoute pas ces combats ; il les
désire au contraire pour corroborer et
mettre à l'épreuve sa foi nouvelle, foi
jeune et toute pleine d'élan. C'est un attachant spectacle que celui que nous
offre ce noble et généreux jeune homme,
qui, après avoir reconnu sa fin, son
but éternel, y marche résolument en
foulant aux pieds tout intérêt, toute
considération, toute affection humaine.

Marie Ratisbonne nous reproduit
l'exemple de ce dévouement héroïque
des premiers chrétiens courant au devant des bourreaux, et, de même qu'il
a déjà le baptême de désir, on peut dire

qu'il en a aussi le martyre. Au dix-neuvième siècle ce ne sont plus les cheva-
lets et les tenailles brûlantes qui l'attendent; mais l'âme a aussi ses tortures, et
celles-là il les appelle.

« Quel changement s'est opéré en moi,
me disait-il ; si il y a quinze jours on
m'eût dit qu'il fallait renoncer à ma
fiancée, je n'aurais pu supporter l'idée
d'une pareille séparation, et je me serais tué de désespoir ; et aujourd'hui si
ce sacrifice m'était imposé par ma nouvelle croyance, je l'accomplirais sans
murmurer en bénissant Dieu, et en lui
disant : Que votre volonté soit faite !
toute ma vie je le prierais pour la conversion de celle qui m'est si chère, ou
pour que du moins nous puissions nous
rencontrer dans un monde meilleur! »

On ne découvre en lui, au reste, aucune trace d'exaltation, d'enthousiasme
factice, de surexcitation maladive, rien
enfin qui annonce qu'il se soit monté
l'imagination au sujet de ce qu'il a vu.

Voici ce qu'il m'en disait avec une parfaite simplicité : « Ce qui me rend on
ne peut plus heureux, c'est que ce souvenir ne s'efface en aucune manière. Je
vois toujours dans ma mémoire l'apparition miraculeuse aussi distincte, aussi
nette qu'elle l'était au premier moment;
j'avais craint qu'il n'en fût pas ainsi.
Après tout, quelque précieuse que me
soit cette circonstance, qu'on l'explique comme on voudra, qu'on la nie
même tout à fait, peu m'importe! car
pour moi le miracle consiste moins dans
cette apparition, qui n'en est que le
moyen surnaturel, que dans la réalité de
ma conversion, aussi soudaine qu'elle
est complète. »

Et néanmoins on voit combien il tient
pour lui-même à cette faveur toute spéciale; car quelqu'un lui ayant dit : Vous
avez donc vu l'image de la sainte Vierge?
« L'image! Monsieur, s'écria avec feu
M. Ratisbonne, l'image! mais je l'ai vue

elle-même, réellement, en personne, comme je vous vois là ! »

Des grâces si abondantes, si extraordinaires pourraient aisément faire naître des tentations d'orgueil dans une âme moins droite et moins véritablement simple que la sienne ; car au miracle de cette initiation instantanée aux vérités chrétiennes il faut joindre encore celui des langues de feu descendant sur les apôtres. En effet cet homme, juif il y a vingt-quatre heures, parle une langue qu'il n'a jamais apprise, celle du dogme catholique ; et il la parle avec toute sa force, sa précision et sa pureté. Dans sa conversation, toute d'abondance de cœur, la pensée et le sentiment du christianisme jaillissent et débordent ainsi que d'une source nouvellement ouverte : le rocher a été frappé par une main toute puissante, et les flots d'eau vive s'en échappent miraculeusement.

Il me disait comme aurait pu le dire le catholique le mieux instruit : « Remarquez qu'immédiatement après ma conversion mes premiers actes, mes premières paroles ont été autant de coups mortels portés au protestantisme. Ainsi j'ai rendu hommage à la puissante intercession de la sainte Vierge quand je me suis prosterné devant elle. Un instant après j'ai proclamé le dogme de l'invocation des saints en prononçant les mots : Oh! comme ce monsieur a prié pour moi! J'ai demandé plus tard à être conduit chez un prêtre, sans la permission duquel je ne voulais pas m'expliquer, et par là j'ai accepté le principe de l'autorité et consacré le devoir de l'obéissance. Après tout cela n'a rien qui doive nous surprendre ; car la sainte Vierge, par l'intermédiaire de laquelle ma conversion s'est opérée, foule aux pieds le dragon et tue l'hérésie ; l'erreur ne peut subsister devant elle. On ne saurait donc raisonnablement soutenir que le miracle soit susceptible de s'interpréter en deux sens ; je maintiens qu'il est *exclusivement* catholique, et qu'il sape par sa base le protestantisme en démontrant les dogmes que les protestants rejettent. »

Remarquons en passant que c'est là ce même homme qu'un protestant plein de zèle et de bonne foi travaillait vainement depuis des années à convertir à cette portion de la vérité qu'il possédait. Maintenant les rôles sont changés : le *juif encroûté*, devenu chrétien en un quart d'heure, s'efforce d'arracher des yeux de son ami le bandeau qui lui cache encore en partie cette « lumière du ciel qui l'a subitement environné.» (1) M. Ratisbonne aussi lui, de persécuteur qu'il était, est soudain devenu apôtre!

Qu'on prononce, en présence d'un pareil rapprochement, de quel côté se trouvent le caractère divin et la vérité tout entière !

Voici un fait qui prouve encore à quel degré M. Ratisbonne était pénétré du sentiment catholique en ce qui touche

(1) Actes des Apôtres, chap. 9.

un des points fondamentaux de notre croyance. Le surlendemain de sa conversion il accompagna M. de Bussière, qui allait faire une station devant le Saint - Sacrement. Ils s'agenouillèrent l'un près de l'autre, et se mirent à prier. Au bout de quelques minutes M. de Bussière ne vit plus son jeune ami à ses côtés, et le cherchant des yeux il le découvrit seul dans une autre partie de l'église. Il se hâta d'aller à lui, craignant qu'il ne se trouvât indisposé. « Non, dit M. Ratisbonne, je n'ai rien. — Mais encore, pourquoi vous être éloigné ainsi? — Ah! c'est que vous ne pouvez comprendre tout ce qu'on souffre quand on se trouve en présence du Seigneur sans être baptisé. »

Ce railleur qui peu de jours auparavant plaisantait M. de Bussière sur ses *rêveries*, sur sa manie de *conversionisme*, qui était prêt à s'offenser de sa charitable importunité, voilà qu'il comprend maintenant l'esprit du prosélytisme catholique et l'admirable dévouement de nos missionnaires : de bon cœur il donnerait son sang pour ramener un frère égaré. « D'où vient que les catholiques, disait-il, désirent si ardemment la conversion des autres et s'y emploient avec tant de zèle? C'est qu'ayant le bonheur de posséder la vérité, ils regardent comme un devoir de la faire connaître aux malheureux qui l'ignorent. »

« J'ai le consolant espoir, me répétait-il, que ce miracle éclatant de la miséricorde de Dieu n'a pas été fait pour moi seul. Si, comme je l'espère, ma fiancée suit mon exemple, ce sera le plus heureux jour de ma vie que celui où notre union sera consacrée devant l'autel de Jésus-Christ. Par le spectacle de notre bonheur, par l'éducation morale et chrétienne que nous donnerons à nos enfants, ainsi que par l'ordre exemplaire qui régnera dans notre maison, nous exercerons, je n'en doute pas, une salutaire influence sur notre famille et sur ceux de nos coreligionnaires qui nous sont le plus chers; peut-être les amenerons-nous à se convertir aussi? » (1)

Fut-il jamais un homme plus complétement *retourné*, pour me servir de l'expression énergique employée par M. Ratisbonne? Écoutons encore à ce sujet le témoignage de M. Edmond Humann, que nous avons déjà cité. « Ce qui est bien remarquable c'est que depuis qu'Alphonse a cru au catholicisme son ca-

(1) Une partie de ce pieux espoir s'est déjà réalisée; plusieurs conversions d'Israélites ont eu lieu à Strasbourg à la suite et par l'effet de celle de M. Ratisbonne. C'est ici le lieu de rapporter une réflexion frappante de justesse qu'il m'a faite : « Ce « n'est qu'en France, me disait-il, que les conversions « de juifs peuvent être revêtues de ce caractère « d'autorité morale propre à les rendre fécondes en « résultats. Egal à tous les citoyens, le juif, par son « abjuration, n'échappe à aucun inconvénient, n'ac- « quiert aucun avantage, et dès lors on ne peut le « supposer influencé par des motifs humains; son « choix est parfaitement libre et spontané. Ailleurs « malheureusement il n'est pas de même; si jamais « j'écris, ce sera pour développer cette vérité utile « à proclamer. »

ractère a totalement changé. Quoique
ayant été en pension avec lui, je l'a-
vais depuis assez longtemps perdu de
vue ; je l'ai retrouvé ici il y a quelques
jours au théâtre, et j'avoue qu'il ne me
plut nullement par son tour d'esprit froid
et sec, disposé à ricaner sur tout. A dater
du moment de sa conversion il a été tout
différent ; c'est un changement complet
qui s'est opéré d'une minute à l'autre. »

Lorsque M. Ratisbonne apprit à M. Humann qu'il se faisait catholique, celui-
ci, confondu d'étonnement, se contenta
de lui répondre d'un air ironique : « Ah!
je vous en fais mon compliment ! » Son
ami insista, et lui développa les motifs
de cette détermination subite et si inattendue ; à quoi M. Humann répliqua :
« Je vous crois devenu fou ! » Ce ne fut
que plus tard que ses propres réflexions
et la fermeté persévérante et froide du
nouveau converti le convainquirent qu'il
jouissait bien de toute sa raison.

Le lendemain même du miracle,

M. Ratisbonne s'était rendu, accompagné de M. de Bussière, auprès de la famille de La Ferronnays; cette entrevue fut on ne peut plus touchante. Il leur serra la main à tous avec une vive émotion, en disant à madame de La Ferronnays et à ses enfants: «Vous êtes presque ma mère! vous êtes pour moi comme des frères et des sœurs!»

Dans le récit qu'il avait à leur faire il débuta par ces mots, prononcés avec un accent qui partait de l'âme: «Ah! croyez-moi! croyez bien à tout ce que je vais vous dire, je suis de bonne foi!» Sa voix était émue, entrecoupée; la violence des sentiments divers dont il était agité l'empêchait de parler longtemps de suite. Il répéta à plusieurs reprises que c'était aux prières du comte de La Ferronnays qu'il était redevable de sa conversion, et dit qu'il en avait conçu pour lui une affection et une reconnaissance posthumes que rien ne pourrait jamais altérer.

« J'espère, ajouta-t-il avec une énergie calme, que Dieu m'enverra les plus cruelles épreuves, afin que je puisse lui rendre gloire et *témoigner que je suis de bonne foi.* »

Ce besoin de mettre à couvert de tout soupçon sa parfaite sincérité ainsi que la spontanéité morale de ses actes m'a semblé être ce à quoi il revenait le plus souvent et ce qu'il exprimait le plus fortement dans ses conversations, de même que dans sa lettre à son frère l'abbé, qui sera reproduite plus tard. Il paraissait craindre surtout qu'on ne cherchât à le faire passer pour un imposteur ou pour un fou (1); mais cette crainte n'avait point sa source dans une mesquine considération personnelle; elle dérivait uniquement de sa profonde reconnaissance pour l'immensité du bienfait qu'il a reçu de Dieu, dont il se montre jaloux de placer en cette occasion la gloire et la toute-puissance au dessus de toute atteinte :

(1) « J'ai traité moi-même de fou mon frère « Théodore lorsqu'il se fit chrétien et prêtre ! »

5

c'est dans le seul intérêt de Dieu, et non
dans le sien, qu'il ne veut pas qu'on puisse
révoquer en doute sa sincérité non plus
que le caractère miraculeux de sa conversion. Le désir ardent, le confiant espoir qu'il a d'amener ses parents et ses
amis à suivre son exemple ne passent ici
qu'en seconde ligne, quoique l'expression de cette affectueuse sollicitude re-
vienne souvent dans ses entretiens. C'est
qu'il sent bien que, les deux points qui
le préoccupent une fois démontrés, ce
sera un grand pas de fait pour arriver au
résultat qu'il souhaite si vivement.

Maintenant que j'ai exposé l'enchaî-
nement des faits principaux et groupé
les circonstances accessoires suivant leur
importance relative, et de manière à
éclairer les convictions de mes lecteurs,
il est temps d'aborder la discussion des
objections probables que soulèvera un
récit du genre de celui-ci à notre époque
de doute et d'examen.

Le fait désormais constaté de la conversion de M. Marie Ratisbonne ne peut s'expliquer que par l'une des trois hypothèses suivantes :

Ou c'est une imposture ;

Ou il faut y voir l'effet soit d'une hallucination passagère, soit d'une monomanie religieuse à l'état chronique ;

Ou bien enfin on est forcé de reconnaître que cette conversion est le résultat d'un miracle.

La première de ces objections a déjà été faite ici à Rome; après avoir entendu le récit de l'événement qui était l'objet de tous les entretiens quelqu'un eut le triste courage de dire : «Votre juif est un imposteur, et toute cette affaire est une comédie concertée à l'avance entre lui et ce M. de Bussière. »

« Quelle supposition absurde! s'est écrié M. Ratisbonne lorsqu'on lui a rapporté cette observation. Eh quoi! j'aurais été sacrifier mes intérêts de fortune, mes affections de famille, mon mariage, auquel je tiens de cœur, mon amour-

propre, tous mes antécédents enfin pour
une religion à laquelle je n'aurais pas
cru, et cela dans le seul but d'être
agréable à M. de Bussière, que je connaissais à peine, et au pape, dont je me
souciais encore moins! En vérité une
pareille sottise ne mérite pas d'être re-
futée sérieusement.»

Je ne me fais pour ma part aucun
scrupule d'infliger cette réponse sévère
de M. Ratisbonne à ces gens qui auraient l'esprit assez léger, le jugement assez faux ou le cœur assez vil pour oser
reproduire un aussi misérable argument.

Passons à la seconde supposition.

Pour peu qu'on ait lu avec attention
ce que j'ai dit précédemment de M. Ratisbonne on aura pu se convaincre que
son existence, que sa vie morale et in-
tellectuelle a été jusqu'à sa conversion
*exclusivement* une, logique, parfaitement
homogène. On n'y remarque ni fluctua-
tions ni incertitudes, rien enfin qui annonce dans le caractère et les habitudes

de ce jeune homme la moindre inconstance en fait de religion moins encore qu'en toute autre chose. Juif à son point départ, il est resté juif, c'est à dire conséquent avec lui-même jusqu'au moment décisif où la grâce le régénérant miraculeusement en a fait un chrétien dans l'espace de quelques minutes.

Il me semble impossible d'admettre qu'il ait été dupe d'une hallucination passagère; ces sortes d'illusions, résultant d'un état anormal des organes, ne sauraient produire un effet permanent; d'ailleurs elles sont toujours accompagnées de quelque désordre corrélatif dans les fonctions de l'intelligence. Or l'effet subsiste toujours le même chez M. Ratisbonne; nous avons tous été appelés à le constater, et nous n'avons pas remarqué le plus léger trouble dans ses facultés ni la moindre déviation de la ligne droite du bon sens dans toute sa conduite. Nos observations, comme notre raisonnement, n'ont fait que nous confirmer de plus en plus dans une conviction qui s'est formée graduellement et mûrie avec une lenteur prudente.

Depuis l'époque de sa conversion, de même qu'avant, la vie de M. Ratisbonne n'a pas cessé de procéder, je le répète, dans un ordre rigoureusement logique. Nous l'avons vu chrétien, ainsi que nous l'avons vu juif, constamment d'accord avec lui-même en l'une et l'autre qualité, et tirant de prémisses diamétralement opposées des conséquences théoriques et pratiques d'une inattaquable justesse. Dans ses paroles, dans ses actes, dans les idées et les sentiments qu'il exprime nous avons vainement cherché une désharmonie secrète, une lacune quelconque : tout en lui nous a paru d'une connexité, d'un ensemble conforme de tous points aux exigences de la plus saine raison. Son calme ne s'est pas démenti ; ses perceptions sont demeurées de la plus grande lucidité : il jouit avec une douce quiétude de l'ineffable bonheur d'être chrétien. « C'est pour moi, dit-il, comme la découverte d'un nouveau monde! » Bien que prévoyant les épreuves qui l'attendent, il ne manifeste pas l'ombre d'un regret quant aux suites de la démarche irrrévocable qu'il est sur le point de faire, et qui peut-être va le séparer de ce qu'il a de plus cher au monde; car en acceptant le principe il s'est résigné à l'avance aux sacrifices qu'il pourra lui imposer. « Ma situation, dit-il, se trouve figurée exactement par ma médaille : la sainte Vierge d'un côté avec ses grâces et ses consolations, de l'autre la croix! »

Persistera-t-on encore à taxer M. Ratisbonne de folie?

Eh bien! oui, je l'admets cette folie; nous la connaissons, et, Dieu merci, elle ne nous est pas étrangère : voici près de deux mille ans qu'on en parle, et qu'elle perpétue dans le monde l'esprit d'abnégation et de sacrifice. Elle y a obsédé les plus hautes intelligences, fait battre les plus nobles cœurs, inspiré les vertus les plus héroïques ; désignée à l'aide d'un mot sublime par un de ces hommes au génie fécond, à l'immense charité, à la parole puissante qui retentit au travers des siècles, cette folie c'est la folie de la croix!

Ajoutons que toute conviction profonde et dévouée qui produit les mêmes effets se rattache de près ou de loin à ce noble genre de folie.

Des trois hypothèses que j'ai posées, les seules capables selon moi de rendre raison du fait qui nous occupe, deux se sont écroulées par la base, et au dessus de leurs débris la troisième s'élève triomphante.

La conversion de M. Marie Ratisbonne ne peut donc être que l'effet d'un miracle ; cette conclusion ressort, comme une conséquence forcée, de l'ensemble des faits ainsi que des éclaircissements dans lesquels je suis entré. Qui dit miracle entend une suspension des lois de nature ; or ici l'ordre logique des phénomènes naturels a été violemment interrompu : donc il y a eu miracle, et c'est par là seulement que peut s'expliquer l'anomalie psychologique dont nos yeux ont été témoins. Ce serait en vain que les rationalistes se mettraient le cerveau à la torture pour découvrir ici une solution qui puisse satisfaire les hommes réfléchis et de bonne foi ; nous leur en portons le défi, ils ne la trouveront pas ! Pour eux point de milieu : il leur faut ou croire avec nous ou se taire.

Comme complément de preuves j'ai hâte de citer l'importante pièce justificative que j'ai déjà annoncée, je veux dire la lettre de M. Ratisbonne à son frère l'abbé Théodore. Les plus méfiants se convaincront en la lisant qu'une pareille lettre n'a pu être écrite ni par un imposteur ni par un fou. Si d'ailleurs le temps et la réflexion ne faisaient pas complétement justice de ces suppositions absurdes ou odieuses, la présence de M. Ratisbonne à Paris et à Strasbourg

5*

achevera d'en faire disparaître les dernières traces. Notre nouveau frère est
bon à montrer à nos adversaires non
moins qu'à nos amis. Voici cette lettre :

« Mon très cher frère,

« Dieu a voulu que toute ma vie jus
« qu'à l'instant de ma conversion ne fût
« qu'une série d'actes antichrétiens.
« Dieu a voulu que je me trouvasse au
« milieu d'un concours de circonstances
« telles qu'il est impossible à qui que ce
« puisse être d'expliquer ma conversion
« subite autrement que par un miracle.
« Qui t'a persécuté avec le plus d'a
« charnement? C'est moi! Qui proférait
« le plus de blasphèmes et d'outrages
« contre les catholiques et leur esprit de
« *conversionisme?* C'est moi! Qui avait
« la plus profonde indifférence en ma
« tière de religion? C'est encore moi!
« M'accusera-t-on de lâcheté? mais
« les juifs en France sont égaux en droits

« à tous les autres citoyens. Est-ce par
« ambition que je me suis converti?
« mais quelle est la carrière qui se fer-
« mera devant moi en ma qualité de
« juif? Serait-ce par intérêt, ce grand
« mobile du siècle présent? mais, tu le
« sais aussi bien que moi, mon intérêt
« serait plutôt de rester juif. Serait-ce
« par quelque inclination secrète? mais
« tu sais encore, toute la famille sait à
« quel point j'aime ma fiancée, si digne
« d'être aimée, et que si elle n'a pas la
« force de suivre mon exemple il me
« faut renoncer à elle. Serait-ce par l'ef-
« fet de mes lectures? Je n'ai jamais lu
« un livre de religion ; par l'influence de
« mes amis? Je n'étais lié qu'avec des
« jeunes gens sans foi, sans religion
« quelconque. Je ne connaissais ici que
« G. de B., protestant zélé, et qui disait
« qu'il n'y avait rien à faire de moi. Mais
« comment donc alors rendre raison de
« ma conversion? Je te dirai, mon cher
« frère, dans ma prochaine lettre le

« circonstances merveilleuses, qui l'ont
« précédée et amenée. J'ai trouvé hier
« dans le premier livre religieux que j'aie
« jamais ouvert (1) cette phrase qui m'a
« frappé : *Une pareille persuasion, opérée*
« *sans miracle, serait à elle seule le plus*
« *étonnant des miracles.*

 « Adieu, mon cher Théodore ! je t'ai
« causé bien du chagrin ; pardonne à
« ton frère en Jésus-Christ.

 « Rome, 22 janvier 1842. » (2)

Immédiatement après sa première entrevue avec le P. de Villefort M. Ratisbonne fut conduit par lui, avec M. de
Bussière, en présence du Père général des
jésuites. Là se passa une scène d'un
grand intérêt, qui est de nature à montrer sous le jour le plus honorable l'esprit de paternelle charité, de zèle pru-

(1) L'abrégé de Lhomond.
(2) Cette lettre était signée : Marie-Alphonse
Ratisbonne, et la signature était suivie d'une croix.

dent et éclairé qui caractérise une société
célèbre longtemps et odieusement ca-
lomniée, qui a rendu de grands services
et continue à en rendre encore.

M. Ratisbonne demanda à être sur-le-
champ instruit dans la foi catholique,
afin de pouvoir recevoir le baptême dans
le plus bref délai possible. Après l'avoir
entendu avec une douce bonté, mais en
même temps avec une grande gravité,
rapporte M. de Bussière, le Père général
lui a fait considérer attentivement les sacrifices qu'il aurait à faire, les graves
obligations qu'il aurait à remplir, les
combats particuliers qui l'attendaient, les
tentations, les épreuves de toute nature
auxquelles une résolution semblable allait l'exposer; et lui montrant un crucifix qui était sur la table il lui dit :

« Cette croix que vous avez vue pen-
« dant la nuit, quand une fois vous se-
« rez baptisé, non seulement il faudra
« l'adorer, mais la porter ! »

Puis il ouvrit les saintes Écritures, y

chercha le deuxième chapitre de l'Ecclésiaste, et lut à M. Ratisbonne ce qui suit :

« Mon fils, lorsque vous serez engagé
« au service de Dieu préparez votre âme
« à la tentation et à l'épreuve, et de-
« meurez ferme dans la justice et dans la
« crainte du Seigneur ; tenez votre âme
« humiliée, et attendez dans la patience ;
« prêtez l'oreille aux paroles de la sagesse,
« et ne perdez point courage au moment
« de l'épreuve ; souffrez avec patience l'at-
« tente et les retards de Dieu.... acceptez
« de bon cœur ce qui vous arrivera, de-
« meurez en paix dans votre douleur, et
« au temps de votre humiliation con-
« servez la patience ; car l'or et l'argent
« s'épurent par le feu, mais les hommes
« que Dieu veut recevoir au nombre des
« siens il les éprouve dans le creuset
« des humiliations et de la douleur. Ayez
« donc confiance en Dieu ; il vous tirera
« de tous vos maux ; espérez en lui, con-
« servez sa crainte, et vieillissez dans son
« amour. »

« La lecture de ces divines paroles,
continue M. de Bussière, fit sur Ratisbonne une profonde impression; loin de
le décourager, elles affermirent sa résolution en le faisant entrer dès lors dans
les sentiments du christianisme le plus
sérieux et le plus fort.... » (1)

Il me paraît superflu de signaler à
l'attention du lecteur les pages qui précèdent; elles prouvent avec la dernière
évidence que M. Ratisbonne n'a nullement été circonvenu, séduit ni entraîné;
qu'on lui a laissé au contraire tout le
temps de se reconnaître; qu'on a même
provoqué ses plus sérieuses réflexions
sur les conséquences si graves de sa démarche, dans le but de prévenir de sa
part des regrets tardifs, et qu'enfin sa
détermination spontanée, mûrement ré-

---

(1) Relation de M. de Bussière. Cette relation, en
quelque sorte officielle, a paru quand je m'occupais
de la mise au net de mon manuscrit; outre l'important passage qu'on vient de lire, je lui ai emprunté
quelques circonstances de détail, quelques mots
caractéristiques que j'avais oubliés ou ignorés.

fléchie, exclut toute idée d'influence et
de suggestion étrangères. On sera amené
par là à reconnaître la mauvaise foi et la
légèreté de certaines accusations banales
auxquelles le silence n'est pas toujours
la meilleure réponse à opposer.

Quelques jours après sa conversion
M. Ratisbonne entra dans la maison des
jésuites pour y travailler à s'instruire
sous la direction du P. de Villefort. Les
enseignements assidus que lui donnait
celui-ci avec ce zèle et cette évangé-
lique simplicité qu'on lui connaît étaient
reçus et assimilés par une intelligence
merveilleusement bien préparée. Le pur
froment de l'Evangile tombait sur une
terre féconde arrosée des eaux de la
grâce, et le grain rendait cent pour un.
Ce qui surprenait surtout le P. de Villefort c'était de voir à quel haut degré
son catéchumène avait reçu le don d'o-
raison. Les quatre heures qu'il avait pas-
sées à prier pendant la nuit auprès du
corps de son heureux intercesseur dans

l'église de *Sant-Andrea delle Fratte* s'é-
taient écoulées pour lui, disait-il, avec la
rapidité d'un instant.

Grâce à ces favorables dispositions,
particulières à la situation tout excep-
tionnelle de M. Ratisbonne, et qu'on peut
regarder comme les conséquences *natu-
relles* du miracle, peu de temps avait suffi
pour amener le nouveau converti au
point d'instruction nécessaire pour le
baptême et la réception des deux autres
sacrements qui devaient lui être admi-
nistrés le même jour. On a vu par ce
qui précède combien de prime-abord
il avait pénétré profondément, par cette
violente impulsion de la grâce, dans le
sens intime de nos dogmes; l'on n'a
point oublié que ses premières paroles,
ses premiers actes avaient offert l'expression du catholicisme dans ce qu'il a de
plus élevé, de plus pur et de plus exclusivement spécial. Il ne restait désormais
à apprendre à M. Ratisbonne que la lettre et pour ainsi dire la partie techni-

que de notre religion, dont l'Esprit saint s'était chargé de lui enseigner l'essence.

Aussi ce fut sans étonnement qu'on apprit que le nouveau converti, après avoir été examiné par S. E. M<sup>gr</sup> le cardinal Mezzofanti, maître des catéchumènes, s'était vu dispensé de passer par la filière des formalités préliminaires. Le baptême fut en conséquence fixé au lundi 31 mars par S. E. M<sup>gr</sup> le cardinal Patrizi, vicaire apostolique, qui devait officier à cette occasion.

De l'aveu des Romains et des Français depuis longtemps établis à Rome, on ne se souvient pas d'avoir vu une cérémonie plus imposante, plus solennellement simple, plus touchante et d'un effet plus complétement satisfaisant. J'en parlerai ici avec quelque détail, comme témoin oculaire placé de façon à n'avoir rien perdu de son ensemble comme de ses détails.

Contrairement à l'ancien usage en vertu duquel le baptême des israélites

avait toujours lieu à l'église d'Aracœli,
M<sup>gr</sup> le cardinal-vicaire avait désigné
comme plus convenable la belle église
du *Jésus*, citée entre toutes celles de
Rome pour le bon ordre, le recueillement et la dignité avec lesquels s'y ac-
complissent les cérémonies du culte.

Une enceinte spacieuse avait été réservée autour de l'autel où le cardinal
officiant devait administrer successive-
ment au nouveau converti le baptême,
la confirmation et la communion. Cette
enceinte fut de bonne heure occupée par
l'élite de la société romaine et étrangère,
tandis que le reste de l'église fut envahi
plus tard par une foule compacte de Romains de la classe moyenne et de la
classe inférieure. On n'eut à se plaindre
d'aucun désordre, d'aucune manifestation de curiosité inconvenante dans cette
multitude, qui avait compris avec un
merveilleux instinct tout ce qu'il y avait
de grand et d'attachant dans cette solennité. S. E. M<sup>gr</sup> le cardinal Mezzofanti

était placé dans une tribune pour assister au baptême. Dans la matinée il avait lui-même avec une bonté paternelle instruit M. Ratisbonne de tout ce qui était relatif au cérémonial.

Le vicaire apostolique, M<sup>gr</sup> le cardinal Patrizi, dans ses riches ornements pontificaux, la mitre en tête et la crosse à la main, se rendit processionnellement, précédé de la croix et suivi d'un nombreux clergé, à la porte de l'église pour y recevoir le nouveau converti et procéder aux exorcismes. Il en revint bientôt ayant à ses côtés M. Ratisbonne, revêtu de la longue robe blanche des catéchumènes et accompagné de son parrain, le baron de Bussière, naturellement appelé dans cette circonstance solennelle à achever l'œuvre ébauchée et poursuivie par lui avec une charité si persévérante. Selon le rite consacré, il avait la main droite posée sur l'épaule du nouveau chrétien qu'il venait présenter à l'église et pour lequel il se portait garant.

Sa figure recueillie, d'un caractère grave
et mâle, contrastait avec les traits plus
jeunes, plus délicats, avec l'expression
plus douce et plus émue encore du néophyte. L'un et l'autre ne semblaient
nullement embarrassés de leurs personnes; ils étaient trop profondément
absorbés pour songer à eux-mêmes et à
cette foule curieusement avide dont les
yeux étaient fixés sur eux. Tant que
dura la cérémonie ils furent constamment l'objet de l'intérêt le plus sympa-
thique et de l'attention la plus vive, sans
que néanmoins la parfaite simplicité de
leur maintien et de leur attitude pleine
de ferveur se démentît un seul instant.
On ne pouvait détacher ses yeux de ces
deux hommes, si heureux par les grâces
extraordinaires dont ils avaient été com-
blés et si intimement unis dans une
même pensée et un même sentiment.
Chacune des personnes présentes partageait, au degré dont elle en était susceptible, l'émotion profonde dont on les

voyait pénétrés. M<sup>gr</sup> le cardinal-vicaire officia avec une dignité et une onction remarquables ; il était, lui aussi, visiblement touché, et se faisait violence pour ne pas se laisser aller à tout ce qu'il éprouvait.

Lorsque M. Ratisbonne, ayant à ses côtés M. de Bussière et le P. de Ville-fort, s'avança pour recevoir le baptême, qu'il avait si ardemment désiré, ses genoux se dérobèrent sous lui, et il fût tombé sur les marches de l'autel si ces messieurs ne l'eussent soutenu. Après la confirmation on lui posa sur le front un bandeau de soie blanche, noué derrière la tête pour préserver les onctions saintes ; alors on eût cru voir un néophyte de la primitive Église. Cette robe blanche, ce bandeau de même couleur, symbole de l'innocence et de la candeur baptismales, complétaient l'illusion sans prêter en rien à la moquerie ; il n'y avait pas ici place pour le ridicule, et telle était l'unanimité de sentiments qui ani-

mait cette foule nombreuse qu'on peut
affirmer qu'il ne vint à l'idée de qui que
ce fût de trouver seulement étrange ce
costume, si peu en harmonie avec nos habitudes et nos mœurs modernes. Quant
à M. Ratisbonne, il n'avait pas l'air de
se douter qu'il fût autrement que tout le
monde.

Avec la finesse de tact et le sentiment
des convenances qui caractérisent les
Romains, S. E. M<sup>gr</sup> le cardinal-vicaire
avait compris combien il était à propos
de déroger en cette circonstance à l'u-
sage généralement suivi. Jusqu'ici le
discours adressé au néophyte et aux fidèles avait toujours été prononcé en italien ; mais M<sup>gr</sup> Patrizi avait dit qu'il regardait comme une cruauté de saluer
ce nouveau frère à son entrée dans le
sein de l'Église en une langue qu'il n'aurait pas entendue, et avait déclaré que
ce ne serait qu'à défaut d'un prêtre français disposé à monter en chaire qu'il se
résoudrait à prendre la parole en italien.

M. l'abbé Dupanloup justifia pleinement le choix qu'on avait fait de lui dans
cette occasion, et répondit à tout ce
qu'on était en droit d'en attendre. Il sut
s'élever et se maintenir, c'est tout dire,
à la hauteur de son sujet et des exigences que sa célébrité comme orateur
sacré avait fait naître. Il parla avec une
émotion entraînante au plus haut degré
et néanmoins contenue par la réserve la
plus circonspecte. La circonstance était
délicate, le sujet difficile à traiter; il fallait tout donner à entendre sans rien
articuler de précis. Le mot de miracle,
qui à Rome, siége de l'autorité, ne se
prononce pas légèrement, ne fut pas
proféré une seule fois dans le cours de
cette improvisation si chaleureuse, si
adroite, et pourtant le miracle apparais-
sait aux yeux de tous au travers des
allusions transparentes, des formes in-
génieuses qu'employa l'orateur. Le *Memorare* et sa merveilleuse efficacité, celle
de la médaille miraculeuse, les impor-

tunités providentielles de M. de Bussière, l'intercession décisive de ce juste
priant à son heure suprême pour le juif
aveuglé ; l'obsession nocturne de cette
croix prophétique, image de celles qui
attendaient le nouveau converti ; l'intervention directe de la Mère des miséricordes, tout en un mot arriva à son
tour, amené naturellement, clairement
indiqué avec une habileté, un tact admirables, et, chose rare! sans que le
mouvement oratoire ni l'éloquence propre au sujet perdissent rien à tous ces
ménagements. Ce discours si remarquable par les idées et par la forme le
fut encore par l'onction avec laquelle
l'orateur le débita. Il était aisé de voir
que lui-même était profondément touché : sa voix voilée et tremblante au début l'indiquait assez; mais il parvint en
maîtrisant son émotion à nous la faire
partager à tous. Il n'y avait pas un œil
sec autour de moi, et plusieurs personnes
purent faire la même remarque. C'est

6

qu'en effet M. l'abbé Dupanloup s'était rendu l'éloquent interprète de ce que nous pensions, de ce que nous sentions tous.

Je n'entreprendrai pas de dépeindre l'effet que son discours produisit sur celui qui en était plus particulièrement l'objet. Les sentiments tumultueux qui soulevaient la poitrine de M. Ratisbonne se traduisaient sur sa physionomie malgré les efforts qu'il faisait pour les contenir ; il était inondé de larmes, pâle, palpitant et paraissant succomber sous le poids de tout ce qu'il éprouvait ; il pouvait à peine se soutenir. Penchés affectueusement sur lui, M. de Bussière et le P. de Villefort cherchaient par des paroles pleines de charité à relever son courage et à le fortifier contre ses émotions.

La messe commença, et la presque totalité des assistants l'entendit avec une pieuse ferveur, le reste avec le respect convenable ; mais l'instant de la commu-

nion fut pour ainsi dire le point culmi-
nant de cette scène d'un intérêt si puis-
sant, d'un pathétique si élevé. Prêt à
recevoir pour la première fois son Sauveur, dont il avait senti si vivement la présence dans le Saint-Sacrement aussitôt
après sa conversion, M. Ratisbonne, succombant sous cette abondance de grâces
dont il était accablé et sous la puissance
d'impressions trop multipliées, trop poi-
gnantes pour la faiblesse de notre nature,
M. Ratisbonne, dis-je, s'affaissa sous lui-
même et se sentit défaillir. Soulevé par
M. de Bussière, il reprit ses sens, et re-
trouva assez de forces pour accomplir
cet acte., le plus auguste de notre religion ; pour recevoir le gage d'immortalité qui, consacrant son admission dans
la grande famille catholique, devenait
pour lui comme le sceau du chrétien
dans l'acception la plus étendue du mot ;
car où n'est pas la foi à la présence réelle
là ne saurait être le christianisme tout entier : la vie religieuse y demeure incom-

plète et dénuée de l'aliment du pain quotidien, *au dessus de toute substance*, qui soutient et fait croître l'homme intérieur. (1) L'heureux néophyte retourna à sa place en chancelant, se prosterna la tête dans ses deux mains et appuyée sur son siége. Longtemps il resta comme anéanti......... C'était trop de bonheur à la fois! Le cœur de l'homme est impuissant à y suffire.

Arrêtons-nous ici un instant pour

(1) Voyez le bel ouvrage de M. l'abbé Gerbet sur l'Eucharistie, qu'il a si heureusement nommée *le dogme générateur de la piété catholique*. On trouvera dans la relation de M. de Bussière les éloquentes paroles de l'improvisation de M. l'abbé Dupanloup qui développent ce que je n'ai pu qu'indiquer ici.

mesurer d'un regard l'espace immense
qu'à parcouru M. Ratisbonne dans un
si court intervalle. Voici douze jours à
peine que la pensée seule du *crucifié* lui
était un objet de scandale, de dégoût et
de dérision. Il s'associait, autant qu'il
était en lui, par ses sentiments, ses paroles et ses actes, à cette multitude fu-
rieuse qui, dans son fanatisme, s'écriait
il y a dix-huit siècles : « *Tolle, cruci-
fige*... que son sang retombe sur nous et
sur nos enfants !... qu'il descende de la
croix, et nous croirons en lui! » Et voilà
que M. Ratisbonne, blasphémateur et
persécuteur des disciples du Christ,
échappe par un miracle aux effets de
cette malédiction terrible qui pèse sur sa
nation, et dont naguère il réclamait sa
part. Le Sauveur à la prière de la Mère
des douleurs descend de la croix pour
le régénérer par son sang, pour lui ouvrir, comme au disciple bien aimé, son
sein paternel, et s'unir à lui cœur à cœur
d'une union mystérieuse. Il le comble,

il l'accable de ses grâces, de ses béné-
dictions les plus fécondes, de ses plus
ineffables douceurs........ Inclinons nos
cœurs et notre raison devant ce prodige
si consolant de la toute-puissance et de
la miséricorde divines ; renonçons à le
célébrer dignement comme à le faire
comprendre à ceux qui n'ont pas le bonheur de croire ; car il est des choses qui
sont au dessus de la portée de la parole
humaine, de même qu'elles dépassent
les bornes étroites de notre intelligence.

M. Ratisbonne s'était présenté à la
communion accompagné de son parrain,
qui communia à ses côtés ; là encore il
se portait caution pour lui. Un grand
nombre de fidèles prirent place après eux
à la table sainte pour confirmer leur nouveau frère et rendre témoignage en rom-
pant avec lui le pain eucharistique. (1)

(1) Si les deux Pères jésuites français avaient seulement songé à s'entendre avec leurs confrères an-
glais et irlandais, le nombre des communions eût
été plus que doublé.

Cette manifestation inusitée, imposante par le nombre et le profond recueillement de ceux qui y prirent part, contribua puissamment à imprimer à la solennité du baptême de Marie Ratisbonne, solennité la plus touchante à laquelle j'aie jamais assisté, un caractère de grandeur et d'onction qui en rendra le souvenir impérissable pour quiconque en a été témoin.

Immédiatement après son baptême Marie-Alphonse Ratisbonne rentra à la maison des jésuites, où il devait faire plus tard une retraite; j'y allai le surlendemain pour lui porter mes félicitations et mes vœux, et je puis affirmer que jamais je n'ai vu un homme plus complétement heureux du présent, ni plus calme, plus résigné sur l'avenir, qui pour lui était encore couvert d'un voile épais: en effet il n'avait point reçu la réponse à la lettre par laquelle il annonçait sa conversion à sa famille. Revenu de cet élan d'espoir trop confiant auquel il

s'était laissé aller au début, il n'était rien
moins que rassuré sur les dispositions
dans lesquelles ses parents et sa fiancée
accueilleraient cette communication fou-
droyante ; ce qui suit en fournira la
preuve.

Il habitait aux jésuites une grande
chambre à cheminée, mais sans feu ; je
lui demandai pourquoi il n'en avait pas
fait allumer. « Les bons Pères, me ré-
« pondit-il, me l'ont bien proposé, mais
« j'ai refusé. Je veux me déshabituer de
« ces superfluités ; peut-être suis-je des-
« tiné à passer ma vie dans quelque ordre
« sévère : il faut donc que je m'y pré-
« pare à l'avance et que je m'endur-
« cisse. » (1)

(1) Cette prévision n'a pas tardé à se réaliser :
Marie Ratisbonne est entré dans une maison religieuse, où il fait aujourd'hui l'édification de tous.
Il a mis courageusement la main à la charrue sans
jeter un regard en arrière, et Dieu l'en a récom-
pensé en lui accordant la grâce de la persévérance
dans la voie d'abnégation où le nouveau chrétien
est entré ; il a retrouvé plus encore qu'il n'a sacri-
fié. (Février 1843.)

Sur un sujet du genre de celui-ci les réflexions se présentent en foule, et fourniraient matière à un volume; mais il est un art utile de ne pas tout dire et de laisser quelque chose à faire à l'intelligence du lecteur, qu'il suffit d'avoir mis sur la voie : il fait alors plus et mieux que l'auteur lui-même. D'ailleurs il faut être court et savoir finir; c'est là aujourd'hui une condition de succès indispensable. A notre époque d'agitation fébrile nous lisons, ainsi que nous vivons, à la hâte et sans reprendre haleine, entraînés que nous sommes par

6*

le mouvement du siècle, qui, semblable
à un char emporté, se précipite vers un
but inconnu qu'à peine on entrevoit.
Humble pélerin qui ai retrouvé ma
route, j'ai voulu planter un jalon pour
l'indiquer à d'autres. Le sentiment de
mon insuffisance m'interdit de développer les hautes considérations générales
qui se rattachent à l'événement miraculeux, dont je me suis fait le narrateur parceque j'en ai été le témoin. Des
écrivains dont les noms sont chers au
public religieux (1) se chargeront, je
l'espère, de cette tâche, de laquelle ils
sauront s'acquitter avec plus d'autorité
et de succès que moi. Je me bornerai
donc aux réflexions suivantes, qui nais-
sent naturellement de mon sujet.

Dans une même famille israélite, dis-
tinguée à la fois par sa position, son
développement intellectuel et la considération dont elle jouit, deux frères se
font chrétiens à douze ans d'inter-

(1) MM. Gerbet et de Cazalès.

valle. Ces deux conversions, parfaitement semblables quant aux effets, dif-
fèrent néanmoins essentiellement quant
aux moyens. La première rentre dans
l'ordre des faits naturels et rationnelle-
ment explicables; c'est à l'aide du raisonnement, c'est à la suite d'un travail
lent et graduel de son intelligence que
M. Théodore Ratisbonne a été amené
au pied de la croix et de là jusque dans
l'intérieur du sanctuaire. Il a marché,
pour ainsi dire, pas à pas, défendant
son terrain avec une consciencieuse per-
sistance, et n'avançant qu'à mesure que
les objections et les doutes soulevés
par la philosophie humaine étaient ré-
solus et écartés par la haute *philosophie
du christianisme*. Ses convictions se sont
laborieusement formées et mûries; c'est
à la sueur de son front qu'il a parcouru
le trajet long et difficile qui le séparait
du but auquel il tendait, je veux dire la
vérité. En cette occasion l'éloquence et
la puissance de persuasion d'un homme

supérieur, dont le nom a déjà été mentionné, ont coopéré si efficacement à l'action mystérieuse de la grâce que ceux qui voient seulement le côté humain des choses pourraient soutenir avec quelque apparence de raison que dans cette conversion l'homme livré à lui-même a tout fait par ses propres forces, le travail persévérant du disciple concourant avec l'habile et fécond enseignement du maître. (1)

Mais la conversion de Marie Ratisbonne offre un caractère diamétralement opposé : le raisonnement n'y est entré pour rien ; il n'a rien préparé, rien opéré : tout a été brusque, violent, imprévu, miraculeux en un mot ! Ici l'homme nous apparaît purement passif ; il demeure comme étranger à l'œuvre de transformation qui va s'accomplir

(1) On n'a point oublié qu'avec M. Théodore Ratisbonne trois autres jeunes israélites de familles honorables se sont faits chrétiens et prêtres sous les mêmes auspices et par les mêmes motifs.

en lui sans sa participation et à son
insu. Celui qui tient les cœurs dans sa
main a refait, a recréé le cœur de Marie
Ratisbonne : idées, sentiments, caractère, jusqu'à son tour d'esprit, en lui
tout a été renouvelé. « Tout à coup,
sans savoir comment et malgré lui, » il
passe de la région de l'ombre de la mort
à cette lumière véritable qui luit dans
les ténèbres, et éclaire tout homme venant en ce monde. Toujours on est
forcé d'en revenir au seul point de com-
paraison connu, à l'exemple de S. Paul.
Juifs au moment où ils ont été terrassés,
Saul et Marie Ratisbonne se sont relevés
chrétiens.

S'il n'était pas téméraire de chercher
à soulever un coin du voile qui nous
cache les décrets éternels de la Providence, on serait tenté de prédire que
les conversions si frappantes à des titres
divers des deux frères Ratisbonne, que
ces précieuses prémices du judaïsme
spéculatif et raisonneur du dix-neuvième

siècle, sont pour la masse de leurs co-religionnaires l'heureux indice d'une régénération prochaine. Après de si éclatants exemples « qu'Israel espère au Seigneur ! » car le sang du Crucifié a été répandu pour tous, et premièrement pour les juifs, pour ses bourreaux, auxquels il a pardonné, ainsi que pour leurs descendants, qui ont *recueilli* et *accepté* cet épouvantable legs de complicité morale.

En présence de pareils faits et de tant d'autres non moins significatifs, le catholique s'écrie plein de confiance et d'espoir : Non, le christianisme n'est pas mort ! non, il n'est pas vrai que la parole de Jésus-Christ ait fait son temps !!!

Des sophistes niaient le mouvement ; pour toute réponse un sage se mit à marcher devant eux. C'est ainsi que le catholicisme répond aux hommes qui, par des motifs qu'on apprécie aisément, proclament sa mort comme une victoire. Il

gagne chaque jour du terrain, et marche
de nouveau à la conquête du monde,
que déjà il domine de toute la hauteur
qui sépare la vérité absolue de la vérité
incomplète et relative.

Le travail général de décomposition
qui mine sourdement les sectes dissi-
dentes, errant à l'aventure et isolément
à la lueur de quelques rayons disséminés
du flambeau de la révélation, ce travail
a pour effet de grossir incessamment son
cortége triomphal. Soit que l'on pèse,
soit que l'on compte les conversions de
plus en plus multipliées qui recrutent
nos rangs, on sera forcé de reconnaître
que par leur nombre et leur importance elles dépassent de beaucoup celles
qu'on essaie de nous opposer. Elles font
plus que contrebalancer quelques défec-
tions affligeantes qui, ne profitant à aucune croyance formulée, n'aboutissent
en définitive qu'aux rêveries contradictoires du panthéisme.

L'Angleterre, évidemment travaillée

par un profond mouvement religieux, progresse vers l'unité et vers le dogme catholique, qui en est la seule garantie. Les efforts que l'on tente pour réunir deux grandes erreurs sorties d'une source commune, ces tentatives récentes qui ont pour objet d'étayer l'un contre l'autre deux édifices lézardés qui croulent, prouvent assez clairement que le protestantisme a la conscience de cette impossibilité absolue où il est de vivre désormais d'une vie *réelle.* Il ne faut pas voir ici la fusion naturelle de deux croyances vivaces et homogènes, mais une alliance toute politique entre deux institutions purement humaines, qui, sentant le terrain leur manquer, cherchent, faute de mieux, à s'appuyer l'une sur l'autre. La ville de Calvin, Genève, est profondément divisée : sociniens, calvinistes purs, calvinistes du progrès s'y font une guerre ouverte et s'y battent réciproquement en brèche. *La Rome protestante* a cessé d'exister comme centre de doctrine ; par-

tout enfin les sectes se disant réformées
sont en pleine décomposition ; elles se
sentent mourir fatalement par l'exten-
sion illimitée et inévitable de leur principe, contre laquelle, en vertu de la
nature même de ce principe, elles ne
peuvent rien. La portion de vérité qu'elles
retiennent captive dans l'erreur ne peut
suffire à ces hautes et fortes intelligences auxquelles il faut la vérité tout
entière. Guidées par un sûr instinct,
celles-ci se tournent vers le catholicisme, car elles ont appris, à l'aide de
l'expérience et de la réflexion, à quels
écarts monstrueux ou absurdes peut
mener l'usage illimité du droit d'examen. C'est bien assez que Dieu ait livré
l'univers visible aux disputes des esprits
superbes et raisonneurs ; il ne pouvait,
sans compromettre sa majesté et les plus
chers intérêts de l'homme, permettre
qu'il en fût ainsi pour ce royaume éternel qui n'est pas de ce monde. Il n'a pu
vouloir constituer à tout jamais l'anar-

chie religieuse ; et c'est là que conduit
infailliblement le principe fondamental
de toute hérésie ; savoir, le mépris de
l'autorité et la suprématie de la raison
individuelle en fait de croyances. (1)

Ces vérités sont de jour en jour plus
généralement senties ; le mouvement
religieux dont j'ai parlé plus haut, et qui
en est la conséquence, n'est pas circons-
crit dans les bornes étroites d'un pays ;
il tend à s'universaliser toujours davantage. C'est en vain qu'on s'est efforcé

(1) Cette tendance dissolvante et anarchique du
principe protestant ne s'est pas révélée seulement
de nos jours. Les luttes mémorables que Luther
eut à soutenir contre Zwingle, Carlostadt, contre
les anglicans et les calvinistes en font foi. Il y a trois
cents ans un homme d'une haute et prévoyante intelligence la signalait dans ces paroles accusatrices :
« Il est de grande importance qu'il ne passe aux
« siècles à venir aucun soupçon des divisions qui
« sont parmi nous : car il est ridicule au-delà de
« tout ce qu'on peut imaginer qu'après avoir rompu
« avec tout le monde nous nous accordions si peu
« entre nous dès le commencement de notre ré-
« forme. » (Correspondance de Calvin avec Me-
lanchton.— *Calv. epist. ad Melanch.*, pag. 145.)

de nier cette marche progressive, ce besoin de croire qui ramène les masses vers
les vérités religieuses ; désormais c'est
un fait constaté et acquis à la science
historique. Les hommes supérieurs, qui
voient de plus haut et plus loin que la
multitude, signalent de toutes parts les
symptômes avant-coureurs d'une grande
régénération qui s'opère dans le sens
catholique. Si j'avais le temps d'entrer
dans les détails, je pourrais citer des
faits, des chiffres concluants de statis-
tique chrétienne qui témoignent de tout
ce qu'il y a de fécond, de réel et de pratique dans cette phase de la vie morale
de notre temps.

On se sent d'autant plus vivement
frappé de ces résultats, de ces triomphes
inespérés, quand on vient à se souvenir
qu'il y a quinze ans à peine le catholicisme en France, et jusqu'à un certain
point partout, en était encore réduit à
se faire pour ainsi dire absoudre et tolé-
rer, comme croyance intime et comme

manifestation extérieure, par l'opinion
publique, qui lui était notoirement hostile. Délivré de la protection systématique et funeste du pouvoir, abandonné
à ses propres forces, mais rendu en même
temps à toute sa liberté d'action, l'énergique principe de vitalité et d'expansion
qui forme son essence a réagi victorieusement. Le catholicisme a reconquis la
France, et par elle peut-être il recon-
querra l'Europe ; car notre patrie a dans
le bien comme dans le mal une initia-
tive providentielle. Puisse l'usage salutaire qu'elle semble être appelée à en
faire désormais lui concilier de nouveau
les sympathies de l'Europe, qu'elle s'est
aliénée justement par l'abus qu'elle a fait
jusqu'ici de son influence et de sa force !
Puissent les *idées françaises,* après s'être
retrempées dans le christianisme, répa-
rer un jour les ravages causés par elles
dans le monde des intelligences, et neutraliser les germes empoisonnés qu'elles
ont contribué à répandre ! Puisse enfin

le remède venir du point d'où la contagion est partie!

Jésus-Christ a dit : « Lorsque deux
d'entre vous se réuniront pour demander quelque chose en mon nom, ce qu'ils
demanderont se fera. » Ces paroles n'ont
pas été proférées en vain : forts de leur
foi et de leur prière, ces deux justes ar-
racheront les montagnes de leurs bases,
combleront l'abîme des mers et opére-
ront des miracles. En ce qui touche la
réalisation de cette promesse si formelle
le passé nous est un sûr garant de l'avenir, et l'éclatante conversion dont nous
venons d'être les heureux témoins nous
la confirme par une preuve irréfragable.
Ce fait n'est point un fait isolé ; les

conversions se multiplient, leur chiffre va toujours s'élevant, et Rome plus qu'aucun autre lieu de l'univers contribue à cette riche moisson. D'année en année Rome apporte un plus grand nombre de gerbes mûres dans les greniers du père de famille. Le sol, baigné à une si grande profondeur du sang de tant de milliers de martyrs, n'a rien perdu de sa fécondité première.

Il semble lorsque le pied du voyageur même le plus indifférent foule cette terre sacrée que la dernière étincelle de foi cachée au fond de son âme s'y ranime. L'esprit, le sentiment du christianisme le pressent, l'enveloppent de toutes parts; il les retrouve partout, dans les ruines, dans les monuments, dans les souvenirs, dans les chefs-d'œuvre des arts, dans les pompes du culte, enfin jusque dans l'air qu'il respire! s'il descend dans les entrailles de la terre, il les y rencontre encore! L'âme ne peut se soustraire à cette influence vitale et incessante : l'intérêt

sérieux que lui offre la ville éternelle, le
grave et imposant caractère de ses ruines,
de ces vastes solitudes qui l'environnent;
la mélancolique majesté des souvenirs,
tout ici tend à élever l'âme, à la détacher de la terre, à la pénétrer de calme
et de paix. Ici elle s'isole du vain bruit
du monde et de son agitation sans but;
elle s'épure, elle aspire à monter, et dès
lors elle est plus rapprochée de Dieu.
Dans ces heures de recueillement, dans
ce solennel silence qui s'est fait autour
d'elle, Dieu lui parle de plus près, et sa
voix ne se fait pas entendre en vain, car
son temps est venu.

Combien en effet est-il de conversions dont le germe, déposé dans le
cœur pendant un séjour à Rome, s'est
développé plus tard? Combien d'autres
germes du même genre sont venus éclore
et porter leurs fruits sous ce ciel privilé-
gié? Tel qui n'a cru faire à Rome qu'un
voyage de pure curiosité s'est trouvé
souvent y avoir fait un pélerinage.

Et il n'en saurait être autrement ; Rome, la mère commune des fidèles, recueille et réchauffe sur son sein les cœurs fatigués et malades ; sous sa bienfaisante influence le sentiment filial se réveille en eux ; les germes de foi et d'espérance refleurissent. Celui qui doutait s'éclaire ; celui qui croyait croit d'une foi plus ferme et plus confiante ; tel autre qui s'engourdissait dans une langueur mortelle se ranime et reprend courage. Nous avons tous nos besoins divers ; Rome pourvoit à tout. Elle offre à chacun l'aliment qui lui est propre, aux faibles le lait des petits enfants ; aux chrétiens plus forts, plus avancés, elle présente une nourriture plus substantielle. Ceux-ci elle les abreuve aux sources intarissables et vivifiantes de la science catholique, de ces traditions primitives, de ces enseignements approfondis dont depuis dix-huit siècles elle a accumulé le trésor ; elle déroule à leurs regards le merveilleux enchaîne-

ment des preuves historiques et décisi-
ves de la perpétuité de la foi.

Rome est le centre de l'autorité vers
lequel gravitent sans cesse, et souvent à
leur insu, les intelligences élevées que
préoccupe fortement la pensée religieuse;
Rome est le dépôt des souvenirs encore
vivants de l'antiquité chrétienne, à l'aide
desquels la méditation évoque tout un
passé fécond en grandes et salutaires le-
çons; Rome a recueilli et conserve avec
un pieux respect les cendres et le sang
de ces innombrables martyrs, membres
glorieux de l'Église triomphante, qui in-
tercèdent et prient sans relâche pour
leurs frères en lutte avec l'esprit du siècle
et livrés à ses laborieuses épreuves; Rome
enfin est le centre de l'unité à laquelle
tendent de tous leurs efforts les âmes
en proie à l'anarchie des doctrines et
lasses de s'y user dans un travail infruc-
tueux.

Et l'on s'étonnerait encore que Rome
fût la terre des miracles!!

7

Que si je voulais citer ici des exemples, une foule de noms connus, respectés, de ces noms qui portent avec eux leur garantie, se presseraient sous ma plume, et je n'aurais que l'embarras du choix. Toutes ces conversions réelles, sérieuses, qui sont ici de notoriété publique et ont subi l'épreuve décisive de la persécution, ont été accompagnées de circonstances plus ou moins merveilleuses, de grâces plus ou moins signalées. Je me bornerai à mentionner, comme s'étant opérées pendant mon court séjour à Rome, celles de toute une famille riche et considérée d'israélites d'Ancone, d'un jeune Écossais qui porte un nom historique, et plusieurs de ces retours non moins consolants à la foi pratique qui équivalent à des conversions. J'ajouterai un fait du même genre plus concluant encore : M. l'abbé de Cazalès se trouvant récemment dans une réunion nombreuse, composée d'étrangers de tous les pays, quelqu'un fit la remarque qu'il

était le seul de la société qui ne fût pas
un converti.

Encore un mot, et je finis.

Je connais à fond un homme qui, tout
en s'efforçant d'être aussi bon catholique
qu'il lui est possible, conservait néanmoins encore, au sujet de la dévotion à
la Mère de Dieu, certains préjugés et je
ne sais quel éloignement, résultant de
l'abus qu'on fait des choses les meilleu-
res, de ses mauvaises lectures, d'un vieux
fonds d'ignorance et de quelques passages
de l'Evangile médités isolément et mal
compris; misérables débris, en un mot,
de son ancienne indifférence religieuse.
Cet homme, bien qu'il eût accepté franchement par soumission à l'autorité de
l'Eglise le culte de Marie, ne s'y était en-

core attaché pour ainsi dire que théori-
quement, et ne s'y portait point de cœur
ni avec amour ; il y avait foi, mais cette
foi était dépourvue d'entraînement et de
confiance.

La conversion miraculeuse de M. Ratisbonne et les premières conversations
qu'il a eues avec lui l'ont converti en un
instant sur ce point important. Il a compris dès lors que c'était à l'humanité
tout entière et à chacun de nous en particulier que le Sauveur du monde s'a-
dressait dans la personne du disciple
bien aimé lorsque du haut de la croix,
lui désignant la Vierge, il lui dit ces consolantes paroles : « Voilà votre mère ! »

L'homme dont il est ici question est
l'auteur de ces lignes.


FIN.

# CONVERSION ET BAPTÊME

## DE

# M. ALPHONSE RATISBONNE

## A ROME.

(Janvier 1842.)

### PAR M. GUIDO GOERRES.

# AVIS

## DU TRADUCTEUR.

---

Le récit remarquable que nous donnons ici a
produit une vive sensation en Allemagne, où il
a été publié dans une revue mensuelle, organe
habile et accrédité du catholicisme. (1) Il est
dû à la plume de M. Guido Gœrres, fils du célèbre professeur de ce nom, l'une des gloires
de l'université catholique de Munich, et connu
lui-même par plusieurs ouvrages qui portent la
double empreinte d'un talent distingué et d'une
irréprochable orthodoxie. (2)

(1) *Revue historique et politique pour l'Allemagne catholique.*
(2) On cite entre autres une histoire de Jeanne d'Arc
fort estimée.

Nos frères de l'autre rive du Rhin doivent se féliciter de ce qu'un fait d'un aussi haut intérêt, d'une aussi grande portée que celui qui est développé dans les pages suivantes ait été présenté à l'Allemagne, cette patrie du doute systématique, avec cette autorité de raison, cette fermeté de conviction éclairée, et appuyé de preuves aussi irréfragables, aussi victorieusement déduites.

Les rationalistes les plus exigeans ont eu lieu, de leur côté, de se montrer satisfaits après la lecture de l'écrit de M. Gœrres, qui a pris pour lui ce mot de S. Paul, qu'il semble leur adresser ainsi qu'à tous ses lecteurs quels qu'ils soient : *Sit obsequium vestrum rationabile* ! (1) Ils ont dû se convaincre qu'il était aussi difficile d'expliquer le fait en question que d'en contester l'évidence ; et je ne sache pas en effet que l'un ou l'autre essai ait été jusqu'ici sérieusement tenté.

J'ai donc cru faire une chose utile en traduisant ce travail excellent, qui n'est pas connu en

(1) « Que votre acquiescement soit raisonnable. »

France : il complète la série des témoignages contemporains recueillis sur les lieux mêmes, témoignages graves et dont la concordance non suspecte élève à toute l'importance d'un fait historique dûment constaté l'événement miraculeux dont ils sont appelés à perpétuer le souvenir.

Le comte Théobald WALSH.

7*

# CONVERSION ET BAPTÊME

## DE

# M. ALPHONSE RATISBONNE.

———❦———

A l'époque où les bals, les théâtres, les divertissements de toutes sortes mettent en mouvement Romains et étrangers, toute cette foule si avide de jouir de la vie, tandis que l'approche du carnaval offre en perspective de nouveaux amusements, tout à coup se répand au milieu de ce tumulte la nouvelle inattendue d'un événement d'un tout autre genre, événement grave et sortant de la catégorie des faits ordinaires. Cette nouvelle, qui passe rapidement de bouche en bouche, ne tardera certainement pas à faire son chemin au-delà des Alpes, et deviendra avant peu le sujet de rapports contradictoires de la part de la presse religieuse et des journaux d'un esprit opposé. Il ne s'agit en effet ici de rien moins que d'un miracle, ou, pour m'exprimer avec une exactitude plus rigoureuse, d'un de ces faits au sujet desquels, autant qu'on en peut juger par les détails déjà connus, les hommes qui croient pensent que l'explication la plus simple et la plus *naturelle* à en donner est de les attribuer à l'action *surnaturelle* de la grâce et de la miséricorde divines. Ce fait, dont les esprits forts auront quelque peine à rendre raison aussi naturellement et aussi simplement, pourrait bien par là en ramener plusieurs à la foi ou tout au moins les faire réfléchir et les ébranler dans leur incrédulité.

L'événement dont je veux parler est la conversion instantanée d'un israélite, opérée précisément quand les motifs les plus forts et les mieux fondés semblaient

devoir l'écarter plus que jamais de l'É-
glise catholique, contre laquelle son
cœur nourrissait une haine violente et
et invétérée, quand enfin rien n'était
plus éloigné de sa pensée que l'idée de
se faire chrétien. Il avait encore un instant avant le blasphème et la moquerie
à la bouche, et sa conversion s'opère,
rapide comme la foudre, par l'effet d'une
apparition qui transforme le juif railleur
et blasphémateur en un chrétien pénétré de la foi la plus vive ; elle le boule-
verse tellement de fond en comble, elle
le change si complétement en un autre
homme qu'il ne peut encore à l'heure
qu'il est raconter ce qui lui est arrivé
sans une émotion visible, et qu'il n'é-
prouve pas de plus ardent désir que de
faire partager à tous sa foi nouvelle, pour
laquelle il veut vivre uniquement désormais.

Je n'en fais pas mystère ; je ne suis
point de ces gens constamment en quête
de miracles, qui, toujours prêts, dans

leur crédulité aveugle, à saisir au passage chaque rumeur vaine passant par les bouches et les oreilles de la foule, s'en vont ramassant les versions exagérées ou inexactes d'un fait souvent fort simple et tout naturel dans le principe; qui, fermant les yeux aux contradictions, aux absurdités quelles qu'elles soient, n'ayant nul égard au plus ou moins de confiance que méritent les sources souvent suspectes où ils ont puisé, vous fabriquent de tous ces bruits vagues et incohérents un miracle qu'ils prétendent imposer comme article de foi, traitant d'esprit fort et d'impie quiconque ose modestement élever un doute contre ces produits d'une crédulité dont on ne peut blâmer l'intention, mais qui pourtant n'est rien moins qu'éclairée et orthodoxe.

A commencer par les miracles du Sauveur et des apôtres, l'Église est certes assez riche en miracles véritables et rigoureusement constatés; elle n'a donc

nul besoin d'invoquer ces preuves et ces
autres faits douteux ou équivoques, ne
reposant souvent que sur de simples ouï-
dire et sur les illusions d'une pieuse
simplicité. On sait d'ailleurs fort bien
que lorsque quelque miracle de ce genre
est plus tard reconnu, après mûr examen, comme étant le résultat d'une
fraude ou d'une hallucination, il n'a-
boutit qu'à contrister les âmes religieuses et à fournir aux autres un sujet
de railleries.

En revanche je dois déclarer que je
fais encore moins partie de ces esprits
étroits et engourdis qui, ayant pris les
miracles en horreur, ferment les yeux,
se bouchent les oreilles dès qu'ils en en-
tendent prononcer le nom, par la raison
qu'ils sont d'avance persuadés qu'il ne
peut point y avoir de miracles, que tout
ce qu'on présente comme tel repose uniquement sur l'imposture et l'illusion, et
ne saurait par conséquent mériter l'examen d'une personne sensée. Je n'appar-

tiens pas, je le répète, à ces faibles esprits qui écartent toutes les questions
de cette nature avec je ne sais quelle
anxiété ombrageuse, et cela parcequ'ils
en ressentent au fond du cœur comme
une sorte de malaise, et qu'ils redoutent
d'être tirés de leur léthargie et de se voir
fourvoyés dans l'idée qu'ils se sont formée d'un Dieu abstrait, d'un Dieu mort,
aussi impuissant à opérer des miracles
que le serait leur petit cerveau duquel il
est sorti. Tout à l'opposé de ces hommes,
je crois fermement qu'aujourd'hui, de
même qu'il y a vingt siècles, il est dans
le libre vouloir de Dieu, en vue de
prouver à l'homme sa miséricorde et sa
toute-puissance, d'intervenir *immédiatement* par ses actes, et de se manifester
ainsi comme le souverain maître et l'ar-
bitre suprême de ce monde qu'il a créé.
Si à l'origine du christianisme il a sur le
chemin de Damas terrassé S. Paul d'un
coup de foudre de sa grâce pour en faire
un apôtre plein de lumières, on ne voit

pas ce qui pourrait l'empêcher aujour-
d'hui de se révéler à chacun, fût-ce même
au plus indigne, pour l'appeler en témoignage de ses œuvres miraculeuses ?

Si donc il vient à se passer quelque
événement qui porte avec évidence le
caractère de cette intervention immédiate et surnaturelle de la divinité, il est
du devoir de tout homme impartial d'y
voir comme un appel qui lui est adressé
pour que, consacrant au fait en question
son attention tout entière, il s'assure
scrupuleusement de l'exact état des
choses. Que si le fait apparaît au jugement humain revêtu du caractère miraculeux, on doit dès lors regarder comme
une obligation de le proclamer dans le
but d'en rendre gloire à Dieu. Au reste
il s'entend de soi-même que l'homme
est tenu de procéder à un pareil examen
avec toute la maturité et la circonspec-
tion possibles, et qu'il doit soumettre les
faits à la critique la plus rigoureuse.
L'Église elle-même nous en donne

l'exemple par les enquêtes minutieuses
auxquelles elle se livre touchant les miracles des saints qu'elle se dispose à ca-
noniser.

D'après ces principes je ne me suis
pas contenté de recueillir les *on dit* re-
latifs à l'événement qui captive en ce
moment à Rome l'attention générale ; je
me suis au contraire adressé aux hommes
qui s'y trouvaient intéressés de plus près,
je veux dire à M. Ratisbonne lui-même
et à M. le baron de Bussière. Ce qu'ils
m'ont communiqué je vais le mettre ici
sous les yeux du lecteur sans y rien
ajouter et sans en retrancher rien. Si à
Rome, sur le théâtre de l'événement, les
récits qui se transmettent de bouche
en bouche varient entre eux de tant de
façons différentes, il est impossible qu'ils
ne s'altèrent pas encore plus quand ils
auront franchi les Alpes. Dans la supposition donc où des versions différant
de celle que je vous transmets tombe-
raient sous les yeux de vos lecteurs, ils

peuvent se tenir pour assurés que la vérité aura été soit incomplétement con-
nue, soit dénaturée à dessein, et que le
fait s'est passé *précisément* tel qu'il est
raconté dans les pages qui suivent.

La famille Ratisbonne, établie en Al-
sace depuis plusieurs siècles, jouit à
Strasbourg de la considération générale,
et la maison de banque qu'elle y a fondée
est une des premières de la ville ; sous
le rapport de la société cette maison est
également une des plus fréquentée. Après
la mort du vieux père la famille se composait de cinq frères et de deux sœurs,
tous appartenant à la religion juive, à
la seule exception pourtant du second
des frères, nommé Théodore, qui depuis
une douzaine d'années a été converti au
catholicisme par l'abbé Bautain, avec
trois de ses coreligionnaires : cette conversion fit dans le temps une grande
sensation, et le nouveau converti publia
à ce sujet une série de lettres pleines
d'intérêt. Plus tard il se fit prêtre, et

maintenant il est établi à Paris ainsi
que le maître qui l'a instruit. Dès que sa
conversion fut divulguée toutes relations cessèrent entre Théodore Ratisbonne et sa famille, sauf les rapports
ostensibles et de pure forme. En sa qualité de prêtre il est fort apprécié parmi
les catholiques, en ce qu'il s'est consacré sans réserve à sa sainte vocation.
N'ayant plus, par suite de sa rupture avec
sa famille, aucun moyen de travailler à
la conversion des siens d'une manière
immédiate, il se voit contraint à se con-
tenter de prier pour eux comme direc-
teur et membre de l'archiconfrérie de
Notre-Dame-des-Victoires, fondée pour
la conversion des pécheurs et des héré-
tiques. L'abbé Théodore Ratisbonne a
publié depuis peu une vie de S. Bernard
qui est estimée.

Un de ses frères cadets, Alphonse,
âgé aujourd'hui de vingt-huit ans, fré-
quentait dans l'origine l'école israélite
que Théodore dirigeait; mais aussitôt

que celui-ci se fut déclaré chrétien
Alphonse cessa de suivre son enseignement. Partageant la manière de voir de
sa famille, il n'a jamais lu un livre ca-
tolique ni assisté à aucun sermon, à
aucune conférence de notre religion.

Plein de mépris et de haine pour les
prêtres, il s'attachait toutes les fois qu'il
en trouvait l'occasion à tourner son
frère l'abbé en ridicule et à neutraliser
de son mieux les pieux efforts de son
zèle. Ce n'était point en lui l'effet de
cette animosité du vieux judaïsme de
bonne foi, de ce judaïsme opiniâtrément
attaché à sa foi et vivant dans l'attente du
Messie : le sentiment qui l'animait était
tout autre ; c'était cette haine de l'incrédulité moderne, se disant éclairée, contre la foi, haine qui chez Alphonse dé-
coulait et s'envenimait encore des passions et des préjugés que ses coreligionnaires sucent avec le lait. Il détestait dans
les chrétiens les anciens oppresseurs de
sa nation; à ses yeux leurs prêtres n'é-

taient que des imposteurs ou pour le moins des dupes. La diversité des religions ne lui semblait être après tout qu'une apparence extérieure. Dès lors son unique but était de servir de tous ses moyens la cause de son peuple opprimé, et de travailler dans le sens d'un complet indifférentisme religieux à obtenir pour lui une parfaite égalité de droits ainsi qu'une fusion plus entière avec la masse de la population.

Quand il eut terminé ses études le jeune Ratisbonne se voua aux affaires de sa maison, auxquelles il fut appelé à prendre part en qualité d'associé; mais pour avoir abandonné la foi de ses pères et pour haïr le christianisme, il ne s'en sentait pas plus tranquille, et son esprit n'était pas satisfait. À l'exemple d'une grande partie de la jeunesse française de nos jours, Alphonse portait au dedans de lui le sentiment poignant d'un immense vide; sa sèche et froide indifférence à l'égard de tout ce qu'il y a d'élevé et de

divin était comme un ver rongeur pour
son cœur, qu'elle glaçait et frappait d'ari-
dité. Les sarcasmes amers par lesquels
il cherchait, avec un malin plaisir, à se
venger sur tout ce qui est saint et sacré
pouvaient bien le distraire pour un moment ; mais cela était bien loin de lui tenir lieu de tout ce qui lui manquait.
Placé dans les circonstances en apparence les plus dignes d'envie, il se sentait malheureux intérieurement et dénué
de toute consolation. Comme il attri-
buait le principe de son malheur non à
lui-même, mais à la religion et à Dieu,
cela ne faisait que le rendre plus amer
et plus horrible. Au reste, doué d'un
caractère franc et généreux, il ne faisait
point mystère de ses dispositions irré-
gulières, qu'il voyait partagées par tant
d'autres, et toutes les fois qu'il pouvait
nuire au christianisme il le faisait, bien
convaincu que là était le plus grand obs-
tacle aux efforts de son indifférentisme
comme au but auquel ils tendaient.

Afin d'améliorer le sort de ses coreligionnaires malheureux, il conçut l'idée d'une loterie en leur faveur, qui ne demeura pas sans résultat en France. Bref sa conduite en toute occasion était telle que sa famille put s'abandonner à la conviction, pour elle consolante, qu'elle trouverait dans ce zèle d'Alphonse contre tout ce qui était chrétien une sorte de compensation pour la perte qu'elle avait faite dans la personne de son frère Théodore, dont dans tous les cas il ne suivrait au moins jamais l'exemple.

C'est dans ces dispositions qu'il conçut un vif attachement pour une jeune personne de sa famille et de son nom, comme lui israélite, et avec laquelle il se fiança ; mais sa future se trouvant encore trop jeune, on jugea convenable de différer d'une année le mariage projeté. Alphonse devait en conséquence employer cet intervalle à faire un grand voyage et à voir un peu le monde, et il arrêta son itinéraire ainsi qu'il suit. Il se proposa de visiter le midi de la France, Naples, en laissant Rome de côté, puis de se rendre à Malte, où il passerait une partie de l'hiver, et de là de se diriger sur Constantinople, d'où il reviendrait à Strasbourg à l'époque fixée pour son mariage.

Le 17 novembre de l'année qui vient de finir (1841) Alphonse quitta en effet Strasbourg; il s'arrêta quelques jours à Marseille chez un de ses frères, et s'embarqua directement pour Naples sans vouloir prendre la route de Rome par Cività-Vecchia. Son intention bien arrêtée était de faire voile plus tard pour Malte, puis au printemps pour l'Orient.

Etant à Naples, il sortit un jour de son hôtel dans le dessein d'aller retenir sa place sur le bateau à vapeur en partance pour Palerme; mais, sans qu'il lui soit possible de rendre raison de ce changement subit de détermination, il entra non au bureau du bateau, mais à celui de la diligence de Rome. Tout en agis-

sant ainsi il se sentait mécontent de lui-
même et de cette versatilité de volonté,
se disant que l'homme doit s'en tenir à
ce qu'il a résolu et ne pas vaciller de la
sorte.

Voilà donc comment il arriva, sans
pouvoir s'expliquer pourquoi, à Rome
le 5 janvier 1842 ; il y rendit visite à l'un
de ses concitoyens, qui est aussi son ami,
M. Gustave de Bussière, avec lequel il
avait vécu depuis son enfance, ayant
fait ses études au même pensionnat Plus
tard ces messieurs s'étaient trouvés en
relations d'affaires.

Les deux amis, comme cela ne peut
guère manquer d'arriver à Rome et à
une époque telle que la nôtre, mirent la
conversation sur les sujets religieux.
M. Gustave de Bussière, né d'un mariage
mixte, s'efforça d'amener à sa croyance
ce jeune juif esprit fort ; mais celui-ci
repoussa toutes ses tentatives de prosélytisme à sa manière ordinaire, c'est à
dire par des railleries dirigées contre le

christianisme. Quant au catholicisme en
en particulier, il ajouta qu'à l'exemple
de Cicéron il ne concevait pas comment
deux prêtres de cette communion venant à se rencontrer pouvaient se regarder en face sans rire. Il tenait, dit-il, à
rester juif; s'il changeait jamais de religion, il assura son ami que ce serait le
protestantisme qu'il embrasserait de préférence comme étant des deux croyances la moins ridicule et la moins suran-
née. L'entretien religieux de ces deux
messieurs ne s'éloigna pas au reste de
part et d'autre du ton de la plaisanterie
et d'une ironie superficielle : il eut pour
unique résultat que M. Ratisbonne traita
M. Gustave de Bussière de protestant en-
ragé, tandis que celui-ci ne vit dans son
interlocuteur qu'un juif encroûté, juif
jusqu'à la moelle des os, sur lequel on
n'avait nulle prise et dont on ne ferait
jamais rien.

Sur ces entrefaites, après avoir jeté
sur Rome et sur les objets remarquables

qu'elle renferme un coup d'œil fugitif
et superficiel, après avoir assisté avec un
esprit distrait à quelques-unes de ses cérémonies religieuses, M. Ratisbonne re-
tint sa place à la diligence de Naples,
afin de poursuivre son plan de voyage.
Il s'était fait inscrire pour le départ de la
nuit du 9 au 10 janvier ; mais avant que
de quitter Rome il regarda comme un
devoir de bienséance de jeter une carte
chez le baron Théodore de Bussière. Il
savait que celui-ci, gendre du ministre
des finances Humann, s'était fait catholique, et était l'intime ami de son frère
l'abbé Ratisbonne. Un jour il l'avait en-
trevu chez M. Gustave de Bussière, son
frère. Il se rendit donc chez lui le samedi vers midi, se promettant bien d'être
quitte au moyenn d'une carte de cette
politesse qui lui coûtait.

Mais à peine fut-il entré qu'un domestique, qui n'entendait pas le français,
referma la porte derrière lui en lui disant que son maître y était et qu'il pou-

vait entrer. En achevant ces mots l'Italien ouvrit la porte du salon, dans lequel M. Ratisbonne se vit forcé d'entrer malgré qu'il en eût. M. Théodore de Bussière le reçut de la manière la plus prévenante et la plus cordiale, comme frère de l'un de ses meilleurs amis. Dès les premiers mots il mit la conversation sur ce que le jeune voyageur, récemment arrivé à Rome, y avait déjà vu, et sur les impressions qu'il en avait reçues. Alphonse parla avec la plus complète indifférence des choses qu'il avait visitées, et ajouta en finissant : « Je dois toute- « fois avouer que l'église d'*Ara-Cœli* a « produit sur moi un effet tel que mon « domestique de place l'a remarqué. »

Joyeux d'un pareil aveu, sur lequel il fondait quelque espoir pour la conversion du frère de son ami, M. de Bussière lui répondit en fixant sur lui un regard animé : « Et c'est pourtant une « église catholique qui a fait sur vous « une si vive impression ! — Vous vous

« trompez, répliqua Ratisbonne, l'im-
« pression que j'ai éprouvée était à la
« vérité religieuse, mais n'était nulle-
« ment catholique. D'après mes idées
« toutes les religions sont égales. —
« C'est là une opinion que je suis loin
« de partager, lui repartit le baron de
« Bussière avec un grand calme, car elle
« aboutit en somme à affirmer que tou-
« tes sont *également* mauvaises, c'est à
« dire qu'il n'y en a aucune de véritable.
« Mais comme je vois que vous voulez
« trancher ici de l'esprit fort qui prétend
« s'élever au dessus de ces vaines formes
« extérieures, j'ose me flatter que vous
« ne refuserez pas de m'accorder une
« grâce qui pour un esprit dégagé de
« préjugés religieux comme le vôtre ne
« saurait offrir d'inconvénient. Promet-
« tez-moi donc de porter sur vous un
« objet que je vais vous remettre. »

M. Ratisbonne, qui trouvait assez
étrange cette prétention inattendue, lui
répondit: « Je ne puis m'y engager qu'au-

« tant que je saurai auparavant quel est
« l'objet que vous allez m'offrir. »

Pendant ce débat M. de Bussière avait
suspendu à un cordon la médaille de la
sainte Vierge, frappée en l'honneur de
l'immaculée Conception; il la passa au
cou du jeune banquier israélite esprit
fort en dépit de sa résistance; puis il
lui dit : « Comme vous n'avez pas foi à
« ce signe de notre religion il doit vous
« être parfaitement indifférent de l'avoir
« au cou; mais moi je crois à l'efficacité
« pleine de grâces de cette petite mé-
« daille : vous me ferez donc bien plai-
« sir en la gardant sur vous. » M. Ratisbonne avait déjà la tête passée dans le
ruban, et il céda aux instances pleines
de foi et de zèle de M. de Bussière, pensant en lui-même que si cela ne servait
à rien du moins cela ne pouvait pas
nuire; et se disant en outre qu'une fois
loin de Rome rien ne l'empêcherait de
jeter là cet objet d'un culte superstitieux.

Cependant le baron de Bussière, qui,

sans parvenir à s'en rendre compte, sentait en lui la ferme conviction qu'il gagnerait à la foi cet esprit incrédule, ne se contenta pas de ce premier acte de condescendance. « Vous m'avez déjà fait « un plaisir, dit-il à son jeune ami ; mais « j'en ai encore un second à vous de- « mander, et vous ne me le refuserez « pas. » En disant ces mots il lui tendit un papier sur lequel était la prière de S. Bernard, *Souvenez-vous, ô Vierge très compatissante,* etc., en lui disant : « Pro- « mettez-moi, je vous en conjure, de « répéter matin et soir la courte prière « que voici. »

M. Ratisbonne, qui trouva cette nouvelle prétention encore plus étrange que la première, se refusa d'un ton décidé à s'y soumettre ; car il lui parut que cela était tout aussi étrange de la part de son interlocuteur que s'il eût voulu, lui, exiger de ce catholique si indiscrètement pressant qu'il récitât soir et matin une prière juive. Néanmoins M. de Bussière ne laissa pas que de lui assurer d'un grand sang-froid et avec un air de profonde conviction qu'en dépit de toutes ses protestations contraires il en viendrait à faire ce qu'il souhaitait. Ce fut en effet ce qui eut lieu : le jeune incrédule finit par se rendre, et accepta la prière tout en pensant à part soi que prière et médaille lui fourniraient le sujet d'un chapitre piquant de ses *Souvenirs et Impressions de Voyage.*

Cependant M. de Bussière, qui n'était pas sans quelque défiance, et qui craignait que son jeune ami une fois parti ne jetât là cette prière sans même l'avoir lue, lui dit : « Comme je ne pos- « sède que ce seul exemplaire, je vous « prie de vouloir bien le copier et de « m'en remettre demain la copie. » Par là, se disait-il, je le force du moins à lire le *Memorare*, ne fût-ce qu'une fois. Alphonse Ratisbonne le lui promit.

Ces messieurs se revirent le lende-main dimanche 9 janvier, et M. Ratis-

8*

bonne apporta la copie promise. « Je lui
« demandai, m'a dit le baron de Bus-
« sière, à quoi il avait pensé en la trans-
« crivant ; il me répondit qu'il avait
« d'abord lu cette prière, n'y avait rien
« trouvé, et qu'alors il s'était mis à la re-
« lire, s'efforçant de découvrir ce qu'il
« y avait là de si particulièrement re-
« marquable. Il l'avait relue encore une
« troisième, une quatrième fois, et elle
« s'était de la sorte imprimée dans sa
« mémoire comme ces airs qui vous re-
« viennent sans cesse à la pensée et
« semblent bourdonner continuellement
« à votre oreille ; ces mots : *Souvenez-*
« *vous, ô Vierge très compatissante,* etc.,
« ne lui sortaient plus de la tête. »

Ce même jour les deux amis firent
ensemble une promenade ; M. Ratisbonne parla de son départ arrêté pour
le lendemain soir, et à ce sujet son compagnon lui fit observer qu'il ne devait
pas quitter Rome si brusquement. Il le
supplia de lui consacrer une semaine

encore, ajoutant qu'il se ferait un plaisir de lui servir de *cicerone* pour tout ce qu'il y avait de curieux à voir. On allait prochainement célébrer à Saint-Pierre la fête de la chaire du prince des apôtres; plus tard, le jour de Saint-Antoine, on donnait la bénédiction solennelle aux chevaux et bêtes de somme : ces cérémonies ne pouvaient manquer de l'intéresser.... A cela M. Ratisbonne opposa quelques objections ; mais M. de Bussière en passant devant le bureau de la diligence de Naples y entra malgré les efforts de son ami, et fit inscrire sa place pour une semaine plus tard.

Ils visitèrent l'église des Augustins, puis l'église du *Jésus* ; là le jeune voyageur demanda : Où sommes-nous? — Chez les Jésuites, répondit le baron de Bussière. A ces mots Alphonse témoigna par un geste le mépris et l'aversion que lui inspirait cet ordre. Dans ce même instant deux des religieux, le P. de Villefort et le P. Rosaven, amis de M. de

Bussière, venant à passer, il se fit dire leurs noms, mais sans daigner leur adresser une parole.

Lorsqu'ils eurent terminé leur promenade, qui n'offrit plus rien de particulier, M. de Bussière se rendit à six heures chez le prince Borghèse, qui réunit ordinairement à sa table le dimanche ses amis et quelques convertis. Parmi les convives se trouvait ce jour-là le comte de La Ferronnays, jadis président du conseil lors du ministère Martignac, et qui, retiré de l'arène politique, vivait depuis quelques années à Rome, où on le citait comme un des modèles de la piété catholique. M. de Bussière, lié intimement avec lui, le vénérait, le chérissait comme un père et comme un ami; il était habitué à s'entretenir à cœur ouvert avec lui de tout ce qui l'intéressait. Après le dîner il lui raconta l'histoire de son jeune israélite, et lui dit comme quoi il lui avait de force passé au cou la médaille de la sainte Vierge et mis dans la

main le *Memorare*. Il finit en le conju-
rant de vouloir bien aussi, lui, prier
pour cette conversion. M. de La Ferronnays écouta attentivement ce récit extraordinaire, et demanda à son ami comment il avait pu lui venir en idée de
donner à un juif sans plus de façon la
médaille de la Vierge ; à quoi le baron
de Bussière répondit que dans le moment il lui avait été impossible d'agir
autrement, et qu'il avait l'intime conviction que ce jeune homme en viendrait
infailliblement à se convertir. Là-dessus
le comte, lui frappant légèrement sur l'é-
paule par forme de plaisanterie, lui dit :
« Je prierai donc à son attention, et je
« vous prédis qu'il se convertira et bien
« d'autres avec lui ! »

Après cette conversation M. de La Ferronnays se retira. Le lendemain matin
il entendit la messe dans l'église de
l'*Angelo Custode* (1), et, comme on le

(1) L'Ange gardien.

croit fermement, il y pria, ainsi qu'il l'avait promis, pour le jeune Ratisbonne. Cette prière fut la dernière qu'il fit ici-bas ; car le soir de ce même jour le comte de La Ferronnays avait cessé d'exister.

Dans la journée M. de Bussière avait fait une nouvelle promenade dans Rome avec son ami Alphonse ; ils avaient visité le Forum. Mais l'œuvre de conversion, sur laquelle le premier comptait si fermement, n'avait point avancé d'un seul pas : de la part de M. Ratisbonne c'était toujours la même insouciance ; rien n'avait prise sur lui.

Le lendemain (21 janvier) de bonne heure le baron de Bussière apprit à son réveil la fatale nouvelle de la mort de son ami ; celui qu'il regardait comme un père, et auquel il avait fait prendre à cœur le salut de son jeune israélite, venait de franchir le passage qui sépare le temps de l'éternité. Il se rendit en toute hâte auprès de la famille éplorée pour s'oc-

cuper des derniers et pieux devoirs qui
lui restaient à remplir envers la mémoire
du comte. Ces tristes soins prirent tout
son temps pendant cette journée, de
telle sorte qu'il ne put voir qu'un instant
M. Ratisbonne. Celui-ci ayant rencontré dans la journée M. Gustave de Bussière, l'un et l'autre s'accordèrent à dire
que cette solennité tant vantée de la
Chaire de Saint-Pierre ne leur avait pas
fait la plus légère impression ; Alphonse
en parla en se moquant, et la bénédiction donnée aux animaux offrit matière
à ses sarcasmes : il se proposait, dit-il,
de s'adjoindre à ces pauvres bêtes pour
se faire bénir avec elles par les moines.

Le mercredi (22) Théodore de Bussière put reprendre avec lui le cours de
ses promenades dans Rome. (On n'a pas
oublié qu'il l'avait déterminé, en dépit
de sa résistance, à différer son départ de
huit jours.) Il s'efforçait en conséquence
de lui faire passer son temps de la manière la plus agréable possible ; et que

pouvait-il lui offrir de plus intéressant à la fois et de plus instructif que de lui faire parcourir la ville éternelle, où les monuments de tous les siècles parlent si éloquemment au voyageur et de Dieu et du christianisme! Mais ces prédications muettes, ainsi que les paroles que M. de Bussière laissait tomber de temps à autre, restaient également sans effet. Ratisbonne continuait ses plaisanteries au sujet de tout ce qu'il y a de saint et de vénéré ; il jetait sur les églises un regard d'insouciance, et opposait à la foi respectueuse de son compagnon les blasphèmes habituels de l'indifférentisme qui se croit éclairé. Ce fut de la sorte que les deux amis parcoururent le Forum, qu'ils visitèrent l'arc de triomphe de Titus, celui de Constantin et Saint-Etienne-le-Rond (1). Dans cette église la représentation des Martyrs livrés à tous les genres de supplices, au lieu de

(1) S. Stefano Rotundo.

produire sur M. Ratisbonne un effet édifiant, ne lui inspira au contraire qu'un sentiment de répulsion et de dégoût. Cette image de la douleur physique étalée à ses yeux dans toute son horreur révoltait son âme et ses sens; son esprit ne pouvait concevoir comment on avait pu se laisser torturer de la sorte pour une religion aussi absurde, pour une aussi ténébreuse superstition que le christianisme. L'église de Saint-Jean de Latran en revanche parut lui plaire davantage : il trouva du moins ingénieuse l'idée de cette double représentation sur les deux moitiés du plafond, dont l'une offre les figures de l'ancien Testament, tandis que l'autre représente en regard leur accomplissement d'après le nouveau.

De là ces messieurs se rendirent à la villa Volkonsky, où l'on jouit du haut d'un aqueduc romain en ruines d'une admirable vue sur Rome, les campagnes environnantes et les montagnes de la

Sabine et du *Latium*. Ce magnifique
coup d'œil plut infiniment au jeune
voyageur ; mais sous le rapport religieux
il demeura absolument sans effet sur lui.
Se retournant vers son guide, qui dans
son zèle apostolique revenait de temps
à autre à la charge, il lui dit : « Vous
« voulez me convertir, je le vois claire-
« ment ; mais, croyez-moi, cela ne vous
« réussira pas : renoncez-y. Jamais je ne
« changerai de religion ; peut-être même
« suis-je aujourd'hui plus juif que je ne
« l'ai été de ma vie. Toutefois je dois
« ajouter qu'il est une chose qui m'é-
« tonne en vous ; c'est que vous appor-
« tiez dans vos tentatives un tel calme
« et un si grand sang-froid. » M. de Bussière ne se laissa nullement dérouter
dans sa conviction par cette dernière remarque, et se contenta de répliquer avec
son calme ordinaire : « Vous avez beau
« dire tout ce qu'il vous plaira, je vous
« vois de bonne foi, et je suis certain
« que vous serez chrétien, Dieu dût-il

« pour cela vous envoyer un ange du
« ciel! »

Et causant ainsi ils vinrent à passer
devant la *Scala Santa*. C'est, suivant la
tradition, l'escalier que monta Jésus-
Christ quand il fut conduit devant Pi-
late. Lorsqu'ils se trouvèrent précisément en face M. de Bussière, ôtant son
chapeau, s'écria : « Salut, saint escalier!
« voici à mes côtés un juif qui avant
« qu'il soit longtemps te saluera aussi! »
A ces mots Ratisbonne éclata de rire avec
une expression d'ironie diabolique, et
renouvela ses protestations, disant que
rien n'était plus loin de sa pensée que
de saluer la *Scala Santa*, et s'étonnant
beaucoup de ce qu'on pût seulement en
concevoir l'idée. Mais M. de Bussière
avec son sang-froid habituel lui repartit :
« Soyez sûr qu'avant peu nous monte-
« rons tous les deux à genoux le saint
« escalier! » Après cette prédiction, qui
parut à Ratisbonne souverainement ridicule, les deux amis se séparèrent.

Cependant, quelque ferme que pût être l'espoir qu'avait le baron de Bussière de convertir son jeune israélite, l'œuvre de cette conversion n'avait point, d'après toutes les apparences, encore fait un pas. Aucune des dispositions de M. Ratisbonue ne semblait changée ou même légèrement modifiée. Il continuait à s'exprimer avec ce même sentiment d'ironie sur tout ce qui touchait au christianisme : c'était absolument comme le premier jour. Ce que je viens de rapporter se passait le mercredi (19) dans la matinée.

Le soir de ce même jour M. de Bussière se rendit dans la maison de la famille de La Ferronnays. Là il s'agenouilla auprès du cercueil, et adressa avec la plus vive instance à l'âme de son ami défunt la prière suivante : « Vous con« naissez, lui dit-il avec effusion, l'ardent « désir que j'ai de sauver ce malheureux; « ce désir vous l'avez partagé. Si votre « âme a déjà été admise à jouir de la con-

« templation immédiate de Dieu, im-
« plorez auprès de lui cette grâce ! »

Sur ces entrefaites M. Ratisbonne se
préparait à son départ pour Naples, qu'il
avait d'abord arrêté pour le lundi précé-
dent; mais comme il était convenu avec
un de ses amis, M. Vignes, de partir avec
lui de Naples le 20 sur le bateau le *Mont-
Gibel*, il se vit forcé de retenir sa place à
Rome pour le samedi 17. (1)

Sa correspondance avec sa famille était
active et suivie Il écrivait encore peu
de jours avant qu'il avait visité le quar-
tier des juifs, le *Ghetto*, et comment à
l'aspect de cette misère hideuse des malheureux qui y végétaient entassés il
avait senti sa haine contre les chrétiens
se raviver de plus belle. Il ajoutait qu'il
aimait mieux être parmi les opprimés
que parmi les oppresseurs... Tant il est
vrai qu'il songeait peu alors à devenir
chrétien !

(1) Il me semble qu'il y a ici une confusion dans
les dates. (*Note du traducteur*.)

Ce fut dans les thermes de Caracalla qu'il prit congé de M. Gustave de Bussière, le frère de son nouvel ami; il avait donné à celui-ci rendez-vous pour le lendemain jeudi à midi, afin de lui faire également ses adieux; car le baron de Bussière était tellement absorbé par les tristes apprêts des funérailles qu'ils n'avaient pu l'un et l'autre se rencontrer depuis la dernière promenade mentionnée (celle de la villa Volkonsky et de Saint-Jean de Latran).

Le jeudi à midi Ratisbonne entra au café du *Bon-Goût*, sur la place d'Espagne, pour y parcourir les journaux; il s'y entretint avec son ami M. Edmond Humann, fils du ministre des finances, qu'il y trouva par hasard. La conversation roula entre eux sur la politique du jour et le recensement; ils plaisantèrent à propos de leurs souvenirs de jeunesse : il ne fut nullement question de religion dans leur entretien.

A midi et demi M. Ratisbonne se lève

pour aller prendre congé du baron Théodore de Bussière, qu'il rencontre à quelques pas de là débouchant en voiture sur la place. Celui-ci l'appelle, et lui dit qu'il est charmé de le rencontrer par la raison qu'il se voit accablé d'affaires qui l'ont empêché de l'attendre chez lui, ainsi qu'ils en étaient convenus la veille. Il ajoute qu'il a quelque chose à faire dans le voisinage, et que si M. Ratisbonne veut prendre place dans sa voiture ils feront une dernière promenade ensemble après qu'il se sera acquitté de sa commission. « En attendant, dit-il, « nous pourrons toujours causer chemin « faisant. »

Ratisbonne, à qui cette rencontre et surtout cette proposition de promenade ne faisaient que médiocrement plaisir, monte toutefois auprès de M. de Bussière, dont la voiture se dirige vers l'église *Sant-Andrea delle Fratte*, située non loin de la place d'Espagne. C'était là que le catafalque du comte de La Ferronnays était déjà préparé. Ces messieurs ne purent pendant ce court trajet échanger que quelques mots sur des sujets de la nature la plus indifférente. M. Ratisbonne demanda, entre autres choses, au baron de Bussière ce que son frère avait tué dans sa dernière chasse.

En entrant dans l'église de Saint-André, Alphonse à la vue du catafalque s'enquiert de son compagnon pour qui se faisaient ces apprêts. « C'est, lui répon- « dit celui-ci, pour l'ami au sujet de la « mort duquel vous me voyez si triste « depuis quelques jours. » Après cette réponse le jeune israélite jeta sur l'ensemble de l'église un coup d'œil méprisant qui semblait dire : Voici qui est bien laid et bien insignifiant ! M. de Bussière le laissa à droite près de la porte principale ; il avait à dire quelques mots à la sacristie à l'occasion des obsèques. En s'éloignant il le pria de ne point s'impatienter, et ajouta qu'il serait de retour dans un moment. Après s'être arrêté dans la sacristie dix ou douze minutes, il rentre dans l'église, y cherche de l'œil son ami, qu'il ne trouve pas; il découvre enfin devant la seconde chapelle, située à gauche en entrant et placée sous l'invocation de l'archange Raphael, un personnage agenouillé ayant la tête baissée; il s'approche, et à son extrême étonnement il reconnaît M. Ratisbonne. Il l'appelle..... point de réponse ; il lui frappe sur l'épaule, mais son ami prosterné, la figure cachée dans ses mains, est tellement absorbé dans sa méditation qu'il ne donne pas signe de vie. Lui ayant frappé de nouveau sur l'épaule à plusieurs reprises et toujours en vain, M de Bussière se voit enfin contraint de lui relever la tête pour ainsi dire de force; il trouve son ami tout hors de lui; les larmes ruissellent de ses yeux; il couvre de baisers la médaille de la mère du Sauveur, et les première paroles qui sortent de sa bouche, tandis que M de Bussière le contemple avec

9

une indicible expression de surprise et
de joie, sont celles-ci : « Ah! comme
cet homme a prié pour moi! » désignant
ainsi le défunt dont le catafalque était
devant lui. M. de Bussière m'a dit lui-
même plus tard que lorsqu'il s'était approché d'Alphonse il avait senti au dedans de lui-même la conviction vivante
qu'il se trouvait en face d'un miracle, et
qu'un frisson lui avait parcouru tous les
membres.

Le juif était devenu un chrétien plein
de foi. Ignorant la cause de cet ébran-
lement soudain, de cette complète métamorphose de son ami, M. de Bussière
lui demanda d'abord ce qu'il voulait
faire; celui-ci lui répondit avec des larmes et des sanglots : « Je n'ai désormais
« plus rien à ordonner, j'ai à obéir : fai-
« tes donc de moi ce que vous désirez! »
Mais M. le baron de Bussière le voit dans
un tel état d'agitation qu'il trouve à propos avant tout de le ramener chez lui,
afin de lui donner le temps de se calmer

et de reprendre ses sens. En effet, dans l'excès de son trouble, M. Ratisbonne ne pouvait proférer que des paroles entrecoupées exprimant son repentir et sa joie : —Ah! que je suis heureux! s'écriait-il; de quel abîme je suis tiré! — Hélas! mes malheureux coreligionnaires! — Pour tout au monde il ne me serait plus possible de vivre sans le baptême!—Je suis chrétien, et combien je m'estimerais heureux si pour éprouver ma foi on me coupait en morceaux, on me torturait comme ces martyrs dont hier encore je me raillais! — Le baptême! qu'on me donne le baptême!

M. de Bussière lui demanda ce qui s'était donc passé dans l'église pendant sa courte absence; il lui répondit que tout l'édifice avait disparu à ses yeux, à l'exception d'une seule chapelle; mais quant à ce qu'il avait vu plus tard, il ne pouvait s'en expliquer que devant un prêtre. D'après ce vœu, son ami le conduisit chez le P. de Villefort, ce même Jésuite devant lequel peu de jours avant il avait laissé percer un sentiment d'ironie méprisante. Là il raconta à genoux que l'église avait disparu à ses yeux dans une clarté éblouissante, et qu'au milieu de cette clarté lui était apparue la mère de Dieu telle qu'elle est représentée sur sa médaille, grande, admirable, rayonnante et pleine d'une inexprimable douceur; qu'elle lui avait fait signe des deux mains en les baissant, comme pour lui dire de ne plus résister et de s'agenouiller avec foi; qu'aussitôt il s'était jeté à genoux, et que la Vierge alors avait fait un nouveau geste pour lui donner à entendre qu'elle était satisfaite, geste qui pouvait s'interpréter ainsi : C'est bien! c'est bien; que dans ce moment l'arrivée de M. de Bussière avait mis fin à l'apparition. « La Mère de Dieu, ajouta-t-il, ne « m'a rien dit; mais j'ai tout compris! »

Il avoua en outre que dans la nuit précédente il avait eu un rêve ou une vision, dont malgré tous ses efforts il

n'avait pu parvenir à se délivrer. Il lui
semblait voir un chemin, à l'extrémité
duquel s'élevait une croix sans crucifix;
ayant plus tard jeté par hasard les yeux
sur sa médaille, il reconnut à sa grande
surprise cette même croix qu'il avait vue
dans la nuit. La seconde apparition l'a-
vait, dit-il, pénétré de la foi la plus vive
pour la vérité du christianisme, et il n'a-
vait pas désormais de plus ardent désir
que celui d'être baptisé aussitôt qu'il serait possible ; sa position actuelle lui paraissait intolérable. Il se déclarait prêt
à se soumettre à toutes les épreuves, à
tout ce qu'on exigerait de lui, afin d'obtenir la grâce d'être reçu dans le sein de
l'Église catholique.

Son entière transformation était tellement évidente, il parlait de ce qu'il avait
vu avec une si intime conviction que le
P. de Villefort ne trouva aucune raison de mettre en doute sa sincérité,
et dès lors il l'autorisa sans difficulté à
faire part à d'autres de sa conversion

aussi subite que merveilleuse. Il présenta lui-même le nouveau converti au Père général de son ordre, et là M. Ratisbonne répéta le récit de ce qui lui était arrivé dans l'église de *Sant-Andrea delle Fratte*. Le Père général, homme dont la prudence égale la haute piété, l'écouta avec calme, et trouva, lui aussi, qu'il n'y avait pas le moindre motif de suspecter la véracité de ce merveilleux récit. Cependant, avec cette gravité qui lui est ordinaire, il fit observer au jeune homme qu'après avoir reçu de Dieu une grâce aussi signalée il lui fallait se résigner à porter la croix; il lui montra le crucifix placé sur la table en lui disant qu'il devait apprendre sérieusement à le connaître; puis, ouvrant l'*Imitation*, (1) il lui donna lecture d'un passage relatif aux épreuves et aux croix que l'homme doit accepter pour se conformer à la volonté de Dieu. Telle fut la manière pleine de

(1) Il y a ici une légère erreur; c'est *l'Ecclésiaste* dont le Père général lui lut un fragment.

calme et de tranquillité dont le Père général des Jésuites accueillit le récit du miracle ; ce fut ainsi qu'il salua au nom de
Jésus-Christ la venue du nouveau converti ; accueil bien propre, comme on
le voit, à refroidir M. Ratisbonne, en
supposant que les sentiments qui l'ani-
maient alors eussent eu leur source
dans une imagination en proie à une
exaltation passagère.

Les personnes qui, depuis l'événement
de l'église de Saint-André, ont eu l'occasion de se trouver en rapports plus intimes avec M. Ratisbonne et de s'entretenir avec lui sur les matières religieuses
affirment positivement qu'avec la vue
de l'apparition son regard a simultané-
ment embrassé tout l'ensemble de la vérité chrétienne, et que son cœur s'est pénétré du sentiment catholique dans tout
ce qu'il a de plus intime ; de telle sorte
qu'en mettant à part les connaissances
spéciales qu'il ne pouvait avoir, n'ayant
jamais reçu aucun enseignement catho-

lique et n'ayant rien eu qui s'y rappor-
tât, il s'est montré dans ses sentiments
comme dans ses jugements, émanés du
grand centre commun, complétement
et essentiellement catholique. Lui-même
ne pouvait rendre compte de son état
actuel comparé à l'état antérieur autrement qu'en disant qu'il était un *homme
retourné*.

Cette transformation fut si soudaine,
si étonnante que lorsque M. Ratisbonne
annonça, le cœur plein de joie, à son ami
M. Humann qu'il se faisait chrétien, celui-ci, qui peu de moments avant sa conversion l'avait vu au café de la place
d'Espagne encore tout plein de son indifférentisme glacial et moqueur, ne put
s'empêcher de lui répondre, en l'en fé-
licitant ironiquement, que c'était la première fois de sa vie qu'il le regardait
comme un fou. Et il le tint effectivement
pour tel jusqu'à ce que, persuadé qu'il
était bien dans son bon sens, et informé
plus en détail des particularités de sa

conversion, il ne fit plus aucune difficulté
de témoigner que, d'ap r ès sa coviction,
il lui était impossible d'expliquer une
telle conversion autrement que par un
miracle. M. l'abbé Gerbet, l'auteur du
bel ouvrage sur l'eucharistie, traduit en
allemand, m'exprima quelques jours plus
tard l'étonnement où il était de voir
combien cet homme à peine converti
avait pénétré profondément dans ce qui
constitue la vie du catholicisme. Ce fut
très peu de temps après l'apparition qu'il
se trouva pour la première fois avec
M. Ratisbonne; il le revit le lendemain
du jour de sa conversion, de sorte qu'il
fut à même d'établir son jugement lorsque l'impression n'en était encore aucune-
ment atténuée. La seconde fois qu'il
rencontra M. Ratisbonne ce fut dans l'é-
glise, devant le Saint-Sacrement; le nouveau converti, dans son impatience d'ê-
tre baptisé, lui dit qu'il ne pouvait se faire
une idée du sentiment qu'il éprouvait de se
trouver en présence de Jésus-Christ sans

9*

avoir reçu le baptême. C'est ainsi encore qu'il évite de parler de l'apparition lorsqu'il n'y a point de prêtre parmi ses auditeurs; il regarderait cela comme une profanation, lui qui peu auparavant ne se faisait nul scrupule de profaner par les railleries amères de sa froide incrédulité tout ce qu'il y a de plus sacré. A des protestants qui, après tout, trouvaient fort sensé de sa part qu'il se fît chrétien, mais qui lui demandaient pourquoi il ne se convertissait pas de préférence au protestantisme, il répond en leur démontrant, en leur faisant sentir d'une manière écrasante tout le néant de leur foi individuelle et dépecée en lambeaux. La vivacité de ses convictions touchant la vérité catholique, la seule existante, la seule capable de rendre l'homme heureux, cette vivacité de conviction, dis-je, lui a fait trouver, au rapport d'un témoin digne de foi, la solution de maintes difficultés qui eussent embarrassé des théologiens habiles. Il

n'est pas moins profondément pénétré
de l'idée que ce qui lui arrive il ne le doit
point à son propre mérite; mais bien à
une grâce toute gratuite de Dieu; en
même temps il se montre plein de reconnaissance envers le pieux défunt aux
prières duquel il attribue sa conversion,
bien qu'il ait ignoré l'intention mani-
festée par le comte de La Ferronnays de
prier pour lui. Afin de prouver sa profonde gratitude il supplia le P. de Villefort de lui permettre de passer la première nuit en prières auprès du cercueil;
mais celui-ci trouva plus sage, après les
émotions violentes et successives qui l'a-
vaient ébranlé pendant cette journée, de
limiter cette permission à quelques heures afin de ménager ses forces. Ces heures le nouveau converti les consacra à
veiller et à prier auprès du défunt, à la
grande consolation de la famille et des
amis du comte. Privé depuis tant d'années de la douceur et des secours de la
prière, son cœur s'y abandonna tout en-

tier, et plus d'une fois la voix lui manqua
en raison de la violence de son émotion.
Mais s'il se sentait si heureux au milieu
de cette riche abondance de sa foi nouvelle, cela ne diminuait en rien l'étendue
de sa reconnaissance envers Dieu non
plus que de son affectueuse compassion
pour ses frères égarés, dont naguère il
partageait si complétement l'obstination
aveugle.

Si vous me demandez de quelle manière il s'exprime à ce sujet, je suis en
mesure de satisfaire votre curiosité; car,
bien loin de se tenir sur la réserve en ce
qui touche sa conversion, il ne désire
rien tant que de communiquer, que de
faire partager à tous ce qu'il éprouve,
et en premier lieu à ceux qui lui tien-
nent de plus près. Il serait disposé à tous
les sacrifices pour pouvoir convaincre
ceux-ci de la réalité du miracle opéré en
sa faveur, et les amener par là à embrasser sa foi nouvelle. Cela ne l'empêche
pas toutefois d'apprécier nettement et

avec une grande pénétration la position
difficile et délicate dans laquelle il va se
trouver placé en face d'un monde incrédule en grande partie, ou tout au moins
indifférent. Il sait fort bien de quelle manière il en sera jugé, attendu que lui-
même jugeait la veille encore d'après
ces mêmes préventions, et qu'il n'avait
pas fait grâce à son propre frère en pareille circonstance : il ne se dissimule
donc pas que tous ceux qui pensent
comme il pensait naguère, que les personnes qui ne le connaissent pas à fond
ou que sa conversion lui aliénera ne
manqueront pas de l'attribuer soit à de
vils motifs d'intérêt, soit aux illusions
d'une imagination faible et surexcitée,
en un mot à une démence partielle ou
à une idée fixe. Mais on a de quoi s'éton-
ner en voyant avec quelle sagacité pé-
nétrante, avec quelle vigueur de logique
et quelle puissance de conviction il va
au devant de ces porteurs de faux jugements pour leur démontrer ce que leur

erreur a d'insoutenable, et les conquérir
à sa croyance.

« Quel intérêt, leur dit-il, pourrait me
porter à un pareil acte ? toute considération de ce genre ne s'oppose-t-elle pas
au contraire à mon changement de religion ? » Il a raison ; en effet il a un oncle
fort riche, membre influent du consis-
toire de Strasbourg, dont par cette démarche éclatante il s'aliène la faveur
en même temps qu'il éloigne de lui le
reste de sa famille, déjà brouillée avec
son frère Théodore. Seraient-ce peut-
être, demande-t-il, mes lectures qui
m'auraient amené à ce pas décisif ? me
serais-je laissé persuader par les conseils
de mes amis ? mais je n'ai jamais ouvert
un seul livre catholique ; parmi mes amis
aucun n'appartenait à cette communion.
On sait que je poursuivais avec acharne-
ment mon frère, et toutes mes pensées,
tous mes actes avaient pour but de nuire au
christianisme. Peut-être, continue-t-il,
expliquera-t-on ma conversion par des

motifs d'ambition et d'amour-propre ;
mais les juifs en France sont émanci-
pés, et aucune carrière ne se ferme devant moi en tant que juif. Pour ce qui
regarde mon amour-propre, il a dû certes recevoir un rude coup par le fait de
ma conversion, puisqu'elle m'expose à
être traité par les miens de lâche déser-
teur, moi qui faisais gloire d'être en tête
des ennemis du catholicisme. Ou bien
encore supposera-t-on que Rome par la
pompe de ses cérémonies, par l'éclat de
ses chefs-d'œuvre, le prestige de ses souvenirs et la majesté de ses monuments
m'ait ébloui, entraîné? mais toute cette
splendeur, toute cette magnificence a
disparu à mes yeux devant le dégoûtant
et hideux aspect du *Ghetto*, qui n'a fait
qu'enflammer davantage ma haine contre la pompe insolente des oppresseurs.
Enfin on pourrait croire que je me suis
réfugié dans le sein de l'Église catholique
pour échapper aux engagements qui me
liaient à ma fiancée ; mais je l'aime tou-

jours comme auparavant ; je l'aime encore bien davantage, et si elle consent à partager la foi qui maintenant fait mon bonheur en remplissant ce vide affreux qui me torturait, si elle croit sur ma parole au miracle de ma conversion, nous contracterons l'un avec l'autre une union pure, sainte et chrétienne. Dans le cas contraire, si elle ne voit en moi qu'un imposteur ou un fou, indigne comme tel de sa main, oh ! alors pour lui prouver toute la pureté de mes motifs je quitterai le monde, et je consacrerai ma vie à prier pour elle et pour les miens. On le voit, tout s'opposait donc à mon changement de religion ; c'est ma conversion qui me donne la force de me résigner d'avance aux plus grands sacrifices ; et comment cela serait-il possible si elle n'était que l'effet d'une imagination échauffée ? et puis si j'étais fou, ainsi que plusieurs le supposeront, comment pourrais-je avoir une vue aussi claire et aussi exacte de mon état ? »

Voilà de quelle manière M. Ratisbonne s'est expliqué devant ses amis et les personnes qui l'ont vu depuis le moment même de sa transformation ; il a parlé à tous avec la plus entière franchise, et s'il est loisible à chacun de se former sur le fait miraculeux dont le nouveau converti est le seul et unique témoin telle opinion qui lui plaira, du moins devra-t-on admettre que la métamorphose qui en a été le résultat immédiat n'est pas un miracle moins étonnant en lui-même, miracle que chacun peut constater par ses propres yeux, et dont la notoriété est telle qu'on a cru devoir ici s'écarter de la règle ordinaire en abrégeant en faveur du néophyte les longueurs de l'enseignement préparatoire. L'autorité religieuse a cru devoir condescendre ainsi au vœu ardent qu'il exprimait de recevoir le baptême le plus tôt possible.

Après avoir obtenu que le terme en serait rapproché, M. Ratisbonne se présenta pour la forme à la maison des

néophytes fondée par S. Ignace de
Loyola, établissement dans lequel sont
accueillis ceux qui désirent embrasser le
catholicisme, et où ils reçoivent les instructions préalables. Il passa le reste de
la semaine dans la maison professe des
Jésuites pour y travailler, loin du tumulte
du monde et des distractions causées par
les curieux et les importuns, à se rendre
digne d'être admis dans le sein de l'É-
glise et de participer à ses sacrements.
Là, dans la solitude et le calme, il put
se recueillir à loisir, recevoir les instructions du P. de Villefort, et vaquer à la méditation et à la prière.

Le jour fixé pour le baptême fut le
lundi de la semaine qui vient de s'écouler
( 31 janvier ); cette sainte cérémonie eut
lieu avec une grande pompe dans l'église
du *Gesù*, d'après le grave et beau rituel
romain. Ce fut le cardinal Patrizi qui
officia, et conféra au néophyte le baptême suivi des autres sacrements; la cérémonie dura de neuf heures à midi; une

foule immense y assista ; l'église était
pleine de fidèles, et les rangs y devenaient
de plus en plus pressés. Peu des compatriotes de M. Ratisbonne ont manqué à
cette solennité, à laquelle beaucoup de
personnages des premières familles de
Rome se trouvaient également présents.
Bien que ce public fût un composé hé-
térogène de toutes les nations, bien que
les cérémonies de ce genre à Rome reçoivent, en raison de la disposition de
ceux qui y assistent, un caractère fâ-
cheux de curiosité et de dissipation, cependant on peut dire que le sens profond
de la solennité actuelle sembla être compris de tous, quoique à différents degrés.
L'expression grave du néophyte, son
émotion, qu'il ne parvint pas toujours
à maîtriser, son attitude recueillie lorsqu'appuyé sur le bras de son parrain, le
baron de Bussière, il se plaça debout
devant l'officiant sur la première marche de l'autel, tout contribua à rendre
l'émotion générale et profonde. En cet

instant solennel bien des prières ardentes montèrent vers Dieu pour implorer la conversion des âmes égarées, et l'on vit des protestants, s'associant à cette touchante unanimité de sentiments, tomber à genoux. Au moment où l'eau sainte coula sur son front le néophyte tressaillit d'émotion ; des larmes de bonheur et de gratitude s'échappèrent de ses yeux lorsqu'il reçut la confirmation ; plus d'une fois il eut besoin pour se soutenir de l'appui de son ami. Afin de témoigner d'une manière spéciale sa reconnaissance pour la grâce que, d'après sa conviction intime, il devait à l'intercession de la très siante Vierge, il désira être baptisé sous le nom de Marie.

Après le baptême un ecclésiastique français, d'un talent éminent comme prédicateur, M. l'abbé Dupanloup, adressa du haut de la chaire une allocution aux fidèles. Il commença d'une voix tremblante d'émotion, et il fut aisé de juger combien il était profondément touché

à la vue du nouveau converti, placé précisément en face de lui (1). Ainsi qu'on
peut naturellement le penser, il ne parla
point de l'apparition miraculeuse, fait
qui avait besoin pour être officiellement
constaté de passer par une enquête sévère et un mûr examen; mais en revanche il s'étendit sur la miraculeuse conversion du néophyte. Faisant allusion à
son état antérieur, il dit que l'homme n'est
point abandonné ici-bas, errant sans secours et sans guide; qu'un Dieu plein de
miséricorde et d'amour ne cesse de veiller sur lui; que sa grâce le recherche, et
que son bras s'étend vers lui pour lui
servir d'appui. « Le nouveau chrétien
« placé au milieu de nous, ajouta-t-il,
« en est un vivant exemple : il y a peu
« de jours encore il était incrédule et
« railleur; la grâce de Dieu l'a arrêté dans

_____

(1) M. l'abbé Dupanloup m'a avoué qu'il avait
été forcé d'en détourner les yeux; sans cela il lui
eût été impossible de continuer. (*Note du traducteur.*)

« ses voies, lui a ouvert les yeux, touché
« le cœur et en a fait un chrétien animé
« d'une foi fervente. Abraham bénira son
« enfant dans cette heure solennelle.
« Celle qui lui a valu cette faveur signa-
« lée c'est la Mère *pleine de grâces*; c'est
« notre mère à tous, notre sœur; c'est
« Marie, l'étoile de la mer pour le navi-
« gateur perdu sur les flots ; Marie dont
« le nom, le plus doux de tous les noms
« de la terre, est plein de consolation
« et de miséricordes. »

Puis se tournant vers le nouveau baptisé, il lui rappelle avec les mâles accents
des premiers temps du christianisme que
c'est à Rome, siége du vicaire de Jésus-
Christ, qu'il célèbre son entrée dans l'É-
glise sous les auspices de la croix et du
nom de Marie ; qu'il ne doit point perdre
de vue que désormais il lui faut adorer
la croix, c'est à dire le Sauveur, qu'il
blasphémait naguère ; qu'il ne suffisait
pas de l'adorer cette croix, mais qu'il
devait aussi apprendre à la porter. « L'É-

« glise, poursuit l'éloquent prédicateur,
« combat toujours et toujours triomphe;
« prenez part à ses combats, à ses tra-
« vaux pour mériter de triompher avec
« elle! »

S'inspirant enfin de l'invocation de
S. Bernard, M. Dupanloup s'adresse à la
mère de Dieu pour implorer son secours:
« Souvenez-vous, ô Vierge si pleine de
« miséricorde! souvenez-vous de vos en-
« fants égarés ; souvenez-vous de la
« France et de son Église engagée dans
« la lutte; exaucez les prières des âmes
« fidèles qui vous y invoquent! touchez,
« éclairez les cœurs de vos frères séparés
« qui errent loin de vous; amenez-les à
« reconnaître, à abjurer leurs erreurs,
« afin qu'il n'y ait plus désormais qu'un
« seul pasteur et un seul troupeau.
« Ainsi soit-il! »

FIN.

On a pensé que les lecteurs catholiques seraient bien aises de trouver ici un document de la plus haute importance à leurs yeux, et qui se rattache au fait miraculeux de la conversion de M. Ratisbonne : c'est le procès-verbal résultant de l'enquête ordonnée à Rome par Mgr le cardinal vicaire du souverain Pontife. Ce procès-verbal contient l'attestation authentique du fait que l'autorité compétente a revêtu de sa sanction officielle.

In Dei nomine. Amen.

Anno a salutifera Domini nostri Jesu Chirsti Nativitate millesimo octingentesimo quadragesimo secundo, Indict. Rom. xv, Pontificatus autem sanctissimi Domini nostri Papæ Gregorii XVI ann. xii, die vero tertia junii.

Coram eminentissimo ac reverendissimo card. Patrizi, sanctissimi Domini nostri Papæ in alma Urbi vicario generali, romanæque Curiæ, ejusque districtus judice ordinario... Comparuit reverendissimus D. Franciscus Anivitti, promotor fiscalis tribunalis vicariatus, ab eodem E. ac. Rev. D. card. vicario specialiter delegatus ad effectum inquirendi et examinandi testes super veritate et revelantia mirabilis conversionis ab hebraismo ad catholicam religionem, quam, intercedente B. V. Maria, obtinuit Alphonsus Maria Ratisbonne, Strasburgensis, annorum viginti octo, in Urbe præsens, dixitque muneri suo demandato alacri libentique animo suscepto, qua potuit sedulitate ac diligentia satisfacere studuisse, subjiciendo formali examini numero novem testes, qui omnes, ad fiscalia interrogatoria respondentes, ingenua enarratione in iis quæ ad subs-

Au nom de Dieu. Ainsi soit-il.

L'an de notre Seigneur et Sauveur Jésus-Christ mil huit cent quarante-deux, de l'indiction romaine le quinzième, la douzième année du pontificat de notre Saint Père le Pape Grégoire XVI, le troisième jour de juin.

En présence de son Éminence le cardinal Constantin Patrizi, vicaire général de notre Saint Père le Pape dans sa ville de Rome, juge ordinaire de la cour de justice de Rome et de son ressort, a comparu le révérend François Anivitti, promoteur fiscal près le tribunal du vicariat, spécialement délégué par Son Éminence le cardinal-vicaire, à l'effet de rechercher et d'interroger des témoins relativement à l'authenticité du prodigieux événement par lequel Alphonse-Marie Ratisbonne, âgé de vingt-huit ans, et de la ville de Strasbourg, alors à Rome, a obtenu sa conversion du judaïsme à la foi catholique, par l'intercession de la Bienheureuse Vierge Marie. Le susdit promoteur déclare qu'ayant accepté avec autant d'empressement que de joie la mission qui lui était confiée, il a mis tous les soins, toute l'exactitude dont il est capable à la remplir. Il ajoute qu'il a

tantiam facti et mirabilis eventus extrema
pertinent, mire concordant. Quamobrem
sibi visum esse asseruit nihil ad ratio-
nem veri miraculi ulterius posse deside-
rari. Rem tamen omnem definiendam
remisit Eminentiæ suæ reverendissimæ,
quæ, visis et examinatis actis, examinibus, et documentis, definitivum Decre-
tum, prout in Domino expedire videbi-
tur, interponere dignabitur.

Ex tunc Em. ac Rev. D. card. in
Urbe vicarius, audita relatione, viso pro-
cessu, visis testium examinibus, juribus,
et documentis, iis sedulo, matureque
consideratis, consultationibus etiam re-
quisitis theologorum, aliorumque pio-
rumque piorum virorum juxta formam
concilii Tridentini, Sess. 25, de invoca-
tione, veneratione, et reliquiis sancto-
rum, ac sacris imaginibus, dixit, pro-
nuntiavit, et definitive declaravit plene

soumis neuf témoins à un interrogatoire
en forme, et que les réponses pleines de
candeur de ces neuf témoins juridique-
ment interpellés sont unanimes dans les
détails qui ont trait, soit à la substance
même, soit aux conséquences de cette
étonnante conversion. C'est pourquoi il
affirme que dans son opinion cet événement porte tous les caractères d'un miracle incontestable. Toutefois il a dû
laisser à Son Éminence le cardinal-vicaire
de prononcer d'une manière définitive
sur cette affaire. Après avoir eu sous les
yeux les actes, les documents et les interrogatoires qui s'y rattachent, Son Éminence jugera dans le Seigneur s'il con-
vient de rendre à cet égard un décret dé-
finitif.

En conséquence, après avoir entendu ce rapport, et pris connaissance
du procès, des interrogatoires, des réponses et des renseignements fournis par
les témoins ; après en avoir pesé les circonstances avec une religieuse maturité ;
après avoir recueilli les avis de plusieurs
théologiens et de plusieurs personnages
d'une éminente piété, ainsi que le pres-
crit le Concile de Trente, Session xxv,
au sujet de l'invocation des Saints, de

constare de vero: insignique miraculo a
D. O. M., intercedente B. Maria virgine,
patrato, videlicet instantaneæ perfectæ-
que conversionis Alphonsi Mariæ Ratisbonne ab hebraismo. Et quoniam opera
Dei revelare et confiteri honorificum est
( *Tob.*, xii, 7 ), ideo ad majorem Dei glo-
riam, et ad augendam devotionem Christi
fidelium erga B. Virginem Mariam, be-
nigne in Domino concessit, ut præfati
insignis miraculi relatio publicis typis
tradi, impressaque evulgari possit et va-
leat.

Datum ex ædibus ejusdem Em. ac.
Rev. D. card. Urbis vicarii et judicis or-
dinarii, die, mense, et anno quibus
supra.

C. card. vicarius.
CAMILLIUS DIAMILLA, not. dep.
Concordat cum originali.
JOSEPH CAN. TARNASSI,
secretarius.

† Loco sigilli.

leurs reliques, de leurs images, des honheurs à leur rendre, Son Éminence le cardinal vicaire de Sa Sainteté a déclaré et définitivement prononcé qu'il conste du miracle insigne opéré par le Dieu très bon et très grand, à la prière de la Bienheureuse Vierge Marie, à savoir celui de la conversion parfaite et instantanée d'Alphonse-Marie Ratisbonne du judaïsme à la foi catholique. Et parcequ'il est honorable de révéler et de publier les œuvres de Dieu ( *Tobie*, XII, 7 ), Son Éminence a daigné permettre qu'à la plus grande gloire de Dieu, et pour accroître la dévotion des fidèles envers la Bienheureuse Vierge Marie, la relation de ce miracle insigne reçoive par la voie de la presse une éclatante publicité.

Donné au palais de Son Éminence le même cardinal-vicaire et juge ordinaire, les jours, mois et année relatés ci-dessus:

C. cardinal-vicaire.

CAMILLE DIAMILLA, *not. déput.*

Conforme à l'original.

JOSEPH, CHANOINE TARNASSI,

*secrétaire.*

† Place du sceau.

# A LA SAINTE VIERGE.

Souvenez-vous, ô très pieuse vierge Marie ! que le monde n'a jamais ouï dire que quiconque a recours à votre protection, implore votre assistance et demande votre appui ait jamais été délaissé. Animé de cette confiance, j'accours, ô Vierge, mère des vierges, chercher près de vous un refuge ; pécheur gémissant, je me présente à vous ; Mère du Verbe ! ne dédaignez pas ma prière ; mais écoutez-la favorablement et exaucez-la. Ainsi soit-il.

Memorare, ô piissima Virgo Maria ! nunquam auditum à sæculo quemquam ad tua currentem præsidia, tua implorantem auxilia, tua petentem suffragia, esse derelictum. Ego tali animatus fiducia, ad te, Virgo, virginum Mater, curro et confugio ; coram te gemens peccator assisto : noli, Mater Verbi, verba mea despicere ; sed audi, propitia, et exaudi.

BIBLIOTHEQUE ROYALE

Paris, Imprimerie de Poussielgue, rue du Croissant, 12.

www.ingramcontent.com/pod-product-compliance
Lightning Source LLC
Chambersburg PA
CBHW061436030726
47503CB00005B/1435